U0688094

世界少年经典文学丛书

乌鸦天使

［波兰］格拉鲍夫斯基　著

王玉彬　编译

中国出版集团　现代出版社

图书在版编目(CIP)数据

乌鸦天使／(波兰)格拉鲍夫斯基著；王玉彬编译. —北京：现代出版社，2013.2 （2025.1重印）

ISBN 978 - 7 - 5143 - 1288 - 1

Ⅰ．①乌… Ⅱ．①格… ②王… Ⅲ．①儿童故事 - 作品集 - 波兰 - 现代 Ⅳ．①I513.85

中国版本图书馆 CIP 数据核字（2013）第 021821 号

作　　者	格拉鲍夫斯基	
责任编辑	李　鹏	
出版发行	现代出版社	
通讯地址	北京市安定门外安华里 504 号	
邮政编码	100011	
电　　话	010 - 64267325　64245264（传真）	
网　　址	www. xdcbs. com	
电子邮箱	xiandai@ cnpitc. com. cn	
印　　刷	三河市嵩川印刷有限公司	
开　　本	700mm×1000mm　1/16	
印　　张	9	
版　　次	2013 年 2 月第 1 版　2025年1月第 4 次印刷	
书　　号	ISBN 978 - 7 -5143 - 1288 - 1	
定　　价	39.80 元	

序　言

　　孩子是未来的希望，是父母心中的天使，是充满快乐的精灵。小学阶段更是孩子最快乐的时光，是孩子成长发育的黄金阶段。为了让孩子学习更多的课外知识，享受更加丰富的学习乐趣，我们策划了本丛书！

　　从小让孩子多读课外书，对培养孩子健康的心态和正确的人生观无疑将起着非常重要的作用。自《语文课程标准》公布以来，不少富有敬业精神、有才干的教师，在他们的教学中，担当起阅读教育的重担。他们在严谨的选材中，利用丰富的文学资源，向学生推荐了大量优秀的课外读物，实施了以"练成阅读和作文的熟练技能"为重要内容的阅读教育。大千世界充满了丰富的知识。阅读能丰富小学生的语文知识，增强阅读能力，提高写作水平，开阔视野，增长智慧。阅读本丛书，能够使孩子享受到阅读的快乐，激发起更浓厚的阅读兴趣，孩子的生活将充满新的活力与幸福！本丛书精选了世界名著和中国经典书目中流传最广、影响最大、最脍炙人口的作品，是培养小学生理解能力、记忆能力、创造能力的最佳课外读物。

　　最后需要指出的是，本丛书把世界上流传甚广的经典童话、寓言等也尽收其中，并将这些文学作品重新编写审订，使作品在不影响原著的基础上更适合少年儿童阅读，在丰富他们课余生活的同时提高语言和文字表达能力。本丛书通过科学简明的体例、丰富精美的图片等有机结合，使小读者不仅能直观地领略作品的精髓，而且还能获得更为广阔的文化视野和愉快体验。希望本丛书能成为孩子生活的一缕阳光照亮孩子前进的道路，能成为一丝雨露滋润孩子纯净的心灵。

编　者

目　录

一、乌鸦天使

皮普什的故事一开始就显得很神秘。

有一天早晨——正值盛夏时节——一位谁也不认识的男子出现在我们的门口。他一定要见我。卡捷琳娜告诉他我不在家，一小时以后才能回来。

"嗯，嗯。"神秘的陌生人用鼻音喃喃自语，同时摇了摇头。

请注意：只是用鼻音喃喃自语，而且一句合情合理的话都没说。卡捷琳娜试图盘问他，找我有什么事，但是他一直固执地保持沉默，假装没有听到她的问题。他坐在通往露台的阶梯上，身边放着一只篮子，一只很普通的带盖的柳条篮子，然后，他就开始等待。

后来卡捷琳娜告诉我，这个神秘的陌生人坐等时的态度"很放肆"。为什么这么说？因为不但不瞧她一眼，而且，据说他还轻轻地吹着口哨。

对于卡捷琳娜的叙述，我也无法证实是否属实，甚至很怀疑，在一般情况下是否会"放肆"地等待。但是在我们的故事中，我们要谈的内容不是这个。最重要的是，我回家以后，那位拎篮子的神秘客也没对我说一句话，只是递给我一个信封，有一封信在里面。信的内容是：

"您以前对我说过，想要一只乌鸦。请把我这只收下。"

他在下面的落款处画了几个让人看不懂的符号，仅此而已。

我把这张信纸拿在手中，翻来覆去地看了很久……一点看不懂。猜不出谁会把乌鸦当作礼物送给我。是啊，送信的人在哪里？找不到他了。他失踪了，消失了，挥发了！只将一只篮子留下了，而就在这篮子里放着皮普什。

怎么样，你们的看法是什么，难道这不是一个神秘的故事？

当然，我立刻把篮子打开，里面立刻伸出一只鸟喙，张得很大，可以说到了极限。仿佛看一眼这张鲜红色的大嘴，就可以把这只鸟看透，把它的全身从头到尾地看清。鸟嘴模糊不清地大声叫道：

"哇！"

这就是介绍给你们的皮普什的全貌！

从此时起，在皮普什整个漫长的童年时代，我们见到的只有这张大开的嘴。还可听到不间断的、压音发出的嘶哑的"哇，哇！"声，翻译成人类的语言，就是"吃！"

对于狗崽，你们很熟悉，对吗？你们知道，有时候它们的胃口很大，确实无法满足它们的欲望。我自己对这样的小狗也很了解。你们大概也猜得出，我所指的就是杜舍克。它一下子就能把一整条小毯子吃掉，而且把半把刷子当点心吃掉。事情就是这样，不过这条小狗除了贪吃，还是会生活的：睡觉、玩耍、奔跑，胡作非为。但是我们的皮普什生存的目的仅仅是为了吃。它的嘴一刻也没有闭上过，从不停止一秒钟，用自己模糊不清的嗓音叫喊：

"哇！哇！吃！吃！"

除了吃，它对任何东西都没有兴趣。只要能用它那永远张开的嘴咬住的东西，它都会竭尽全力吞下去。譬如，有人在花园里的长凳上坐着，仅把手垂下来一会儿，皮普什就来咬他的手指，想方设法地想把这只手指吞下去。从桌上垂下来台布的一只角——皮普什就去吞台布。有个人把手杖握在手中，底端没有接触地面，皮普什把手杖头往自己的喉咙里又是塞，又是吞！

从早到晚，他一整天不是跟着我，就是跟着卡捷琳娜或克里西娅跑来跑去，不停地叫：

"哇！哇！"它总是张大嘴，向上抬起。

看上去，它好似一朵古怪的、会跑的、会叫的、发狂的花。应当说明，这是因为皮普什的喉咙颜色很美，很干净，是鲜红色的，就像珊瑚石！但是，又使人感觉不舒服：这朵美丽的花朵，会发出一种可怕的叫声："哇！哇！"，皮普什从早到晚一直用这种叫声来刺激我们的耳朵。

　　乌鸦不仅要纠缠我们人，还跟在图皮、恰帕、母猫、母鸡、鸭子、鹅的后面到处乱跑。我们每个体面又明智的动物都无法将这死乞白赖的家伙摆脱。皮普什去吞吃图皮的尾巴、恰帕的耳朵、母猫伊姆卡的爪子是经常的事，甚至去收拾母鹅马尔戈夏的喙，而且一直不停地大声叫喊。

　　自从皮普什出现在我们院子里后，午后在阳光下舒舒服服地打瞌睡就谈不上了。我们所有的圆毛和扁毛的朋友本来都习惯地认为院子里的真正主人是自己，但是现在，却要千方百计地逃避这讨厌的贪食者。

　　这也纵容了皮普什。当大家试图对小乌鸦放肆无礼的行为进行抑制时，为时已晚。因为皮普什在长大，而且迅速地成熟起来。不久，它已经能够跳上高高的围墙或跳到板棚顶上。你就追去吧！

　　有一次，母猫伊姆卡打算认真地和乌鸦算一下账。它在它的后面跟着，跳上围墙，并靠拢皮普什，它的表情使我们想到：我们的乌鸦完啦！怎么会呢？皮普什跳到母猫背上，狠狠的用自己的喙去啄它，这使得可怜的猫哭着逃跑了。

　　是啊，在失去美丽的黄胡须，并且学会从地上捡东西吃之后，皮普什觉得自己实力很大，所以已经不怕任何人了。我说什么——何止不怕！皮普什与伊姆卡搏斗后，开始在我们院子里实行独裁统治。

　　乌鸦出现在我们家里之前，动物们严格遵守院规，相互之间相处的很和睦，母鸡不到狗食钵里去拖食物，鸭不欺负鸡，狗也尊重别人的所有权；母猫伊姆卡与狗相处的很和平，而且在一个狗窝里睡，而母鹅马尔戈夏像小猫的亲娘一样照料它。谁也不压迫谁，大家生活得又和睦又友好。

　　当然，在庭院世界中，往往也会有一些小误会出现，有时甚至会有一些涉及面相当广的口角发生。因此，不得不多次动用水龙头或打狗棒，使闹事者变清醒。但是，我要强调的是，几乎一切误会的肇事者都是小动物：某些流鼻涕的小狗或小猫，因为它们没有头脑，还没来得及对我院的法规进行研究。

　　相反，皮普什长大后，不愉快的事也随之而来。它成年之后就确信，院子里几乎是不成体统的，而且再也不能继续这样了。它决定在院子里建立一个真正的秩序，而且，事不宜迟，说干就干。

可以说，我一生中了解许多动物。其中有聪明的、极其聪明的，但是像皮普什如此聪明、狡猾的家伙，我从来没有见到过。

皮普什会连续几个小时待在某个高处，想心事。它一会儿把这只眼眯起，一会儿又把那只眼眯起，不断地点着头，心不在焉地看着周围的世界，仿佛任何事件都不能让它感兴趣。只有当它对自己的想法深思熟虑之后，才会准备行动。它会坚定不移地执行自己的计划，容不得任何反抗。决定了的事就不能更改！

整个院子都被皮普什紧握在自己手中，您说怪不怪？要知道，它在屋内也为所欲为。他看不起我、卡捷琳娜和克里西娅，觉得我们这些人都微不足道。

不过，它从来没有惩罚过我，没啄过我。为什么？因为在所有的动物中，只有它猜想的到，我是这个家里的主角，而不是卡捷琳娜，所以它决定不和我吵架。然而，如果克里西娅，甚至卡捷琳娜胆敢违抗它，它就会处罚他们，不过，处罚不是随即而至。皮普什把别人的过失记录下来，等待时机，以便报复。只要它认为时机已经成熟，就会啄过失者的脚或手，同时眼睛盯着他看：

"我对你说过，允许你和我争论吗？"

然后，它赶快溜走，以免头挨到擀面杖或者抹布的袭击。

当然，它也曾经因为这种狂妄的举动而挨揍。但是这不起作用。它溜到围墙上或屋顶上，在那里清理羽毛，擦嘴巴，可以从它的眼神中看出，它蔑视人们的凶恶……

"怎么样，挨揍就挨揍，"它嘟哝着，"但是，我对你也收拾过了！亲爱的，要永远记住该如何与我打交道！"

当然，皮普什也要教训我。请看！

我吸烟用烟斗。你们可能知道，就是那短的英国烟斗。我抽完之后，总是把它放在烟灰缸里。皮普什确实觉得这东西一点用处也没有。我的烟斗应当放在客厅里的炉子上——这是理所当然的！

我刚把烟斗放进烟灰缸，皮普什立刻就用喙咬住它，并把它拖向炉子。它总是把烟斗放在同一个地方——灶檐上，然后就回来了，在我的面前站着，用责备的目光看着我：

"我什么时候才能教会你有条理的做事？难道你不能放好自己的烟斗？哎呀呀！"

有一次，皮普什站在桌上，等待能够拖走烟斗的这一幸福时刻。我看着它，心想，和它开个玩笑也挺好的。我手里拿着烟斗，站起身来。皮普什用一只眼睛看着我。我走向炉子，而皮普什已经站在炉子上了。我把烟斗放到乌鸦放过的地方，就往回走。

皮普什高兴到了极点！它一面叫，一面挥动翅膀，一步一步地向前走，这个势态表示它欣喜若狂。接着，它飞下炉子，站到我的肩上，用它那坚硬的嘴巴在我的头上小心翼翼地乱翻起来。这是它对我表示厚爱。

"聪明人！你终于明白啦！真棒！永远听我的！"它对着我的耳朵叽叽咕咕地叫。

从那以后，我就把烟斗放在炉子上。还能怎么办？

还记得皮普什是如何做到经过一个强占的窗口，飞到移驾定居的洗衣房的！它不停地敲打玻璃窗，一块一块地敲，一直最终敲到我在那里开了一扇通风小窗为止。这一次，它又是这样固执！

总之，皮普什在我们家里想干什么，就干什么。

难怪它的绰号叫"保护天使"！

但是在庭院里，它是真正的专制独裁者。狗、猫、家禽全都害怕它，就像怕火一样。皮普什通常待在某个高处，看着周围发生的一切。如果有谁敢不服从它，乌鸦就像闪电一样，对不服从者发动攻击，想啄哪里就啄哪里。当受伤者回过神的时候，它已经跑出去了，大声叫道：

"就这样！就这样！像我命令的这样！对！"

从前，在美好的旧时代，在"保护天使"还没有称王的时候，母猫伊姆卡能了解到世上发生的一切事情。它甚至不必为此走出大门。有一只棕色公猫，一天要来访几次。这是一位既体面，又严肃的人物。我们的狗对它都很尊重，从来不允许自己伤害它。伊姆卡的客人，就是自己的客人。任何人都不干涉它的事！

有时候，棕猫还把几位朋友带来了。伊姆卡就在板棚顶上招待自己的客人。那里有很多地方供它们安静地交谈，友好地娱乐。

皮普什觉得这样不行。于是，它就做出决定：取消我们庭院里的猫咪晚会！

正巧板棚顶上在举行一次热闹的猫会。伊姆卡唱着一首忧伤的探戈舞曲，棕猫跟着唱起来。其余的猫都尽兴娱乐。气氛热烈，环境舒适，关系融洽。突然，一个黑色的东西从天而降，直向这欢乐的交际场所冲来，接着，就开始用喙使劲地啄大家的头部。

"救命啊！"公猫们大声叫喊，迅速窜下板棚，仿佛被开水烫伤了似的。

皮普什在战场上扫视了一遍四周，叫了一声：

"哇！哇！"

这一声好像吹响胜利的号角。

抗猫战争就此结束。

其余的公猫再也没有在棚顶上出现过，只有棕色公猫依旧不屈不挠。皮普什对它穷追不舍。但是这只公猫很狡猾。它只有在皮普什不在的时候才来。它对伊姆卡唱着自己的探戈舞曲，乌鸦还没有向它扑来，它早已消失。终于，皮普什玩腻了这场猫捉老鼠的游戏。它决定让棕猫知道狡猾没有作用。别的公猫不再拜访伊姆卡——这就够了！

有一堵墙，上面爬满了密密麻麻的葡萄。皮普什在浓密的葡萄树叶中待了好几天，就连鼻尖也一点不见天日。无论外面有什么事发生——皮普什毫不关心。

它守候着，甚至让棕猫到屋顶去，并且由它去唱自己的练习曲。只有等到公猫觉得自己十分安全而唱一个高音的时候，皮普什就会像闪电一样，向它空袭而去。它用自己的喙啄它，使劲地咬，从猫身上拔下来整团整团的毛。还没等到棕猫清醒过来，皮普什已经钻进了葡萄树丛的深处，躲了起来。

就这样，皮普什也把棕猫征服了。它自己也如愿以偿了。再也不会有任何公猫出现在我们的庭院里。从此以后，可怜的伊姆卡只好每天去别人家的屋顶上，参加在那里举行的上流猫会，在那里把对皮普什的怨气排解出来。

"唉，我真不幸！"它如泣如诉地说，"这只黑色怪物把我的生活毁掉了……我没有一个亲人啦！"

棕猫点头表示同意。以前被伊姆卡接待过的其他公猫，也都尽力作出自己的一份贡献。每只猫都能说出一些有关皮普什的事。因此，皮普什就成了吓唬全地区猫民的稻草人。难怪连最勇敢的公猫也要离我们的房屋和庭院远远的，绕道而行。

乌鸦完全按计划行事。它从来不会同时做两件事。因此只有在把猫的问题解决之后，它才着手对付狗。

你们要知道，我们的庭院是有名的狗沙龙。不仅那些邻近的狗经常来访。甚至多勃曼犬洛尔德，我不说你们也会明白，它住在对面，在街的那边，它经常来我们家做客。尊贵的洛尔德是我家的常客，它是一条叭喇狗（逗牛狗），很傲慢，鼻子里发出呼哧声，流着口水，但是，它不仅在波兰，而且在国外的许多狗展上都获得过奖。但是，我们最可敬的客人，就是库齐。它是一切知名和某些不知名狗种的优良后裔，毛茸茸的，罗圈腿，始终卷曲着半截尾巴，像一个不完整的小面包圈。但是无论是谁都会对它的外表感兴趣！谁都知道，在库齐那毛茸茸的咖啡色的胸膛里，有一颗高尚的心在跳动着。对我们来说，这比流口水、鼻子里发出呼哧声、获过奖的傲慢的叭喇狗洛尔德要珍贵百倍。

无论库齐出现在哪里，那里就会立刻玩起欢乐的游戏，出现一片热闹的景象，那里的生活就会充满生气。曾经多次在单调难看的建筑物旁的泔水池上举行狗会，在这些会议上，中心人物总是库齐。正是它，而不是别人，教会我们的狗崽极其文雅的狗风度，指导它们如何向自己身上泼水，泼什么水，教它们在什么地方，在什么情况下应该留下名片。噢，库齐，这就是库齐！

库齐也没有戏唱啦！

皮普什花了长达几周的时间与狗斗争。对此，我也不想详细描述了。驱狗——这是乌鸦唯一给我带来的最伤心的事。但是我毫无办法。皮普什比我强大。它终于达到了自己的目的，任何一条外来狗都不敢朝我们的花园看一下。而多勃曼犬洛尔德只敢从街的对面骂皮普什。但是它可以骂上整整几个小时！

　　皮普什收拾好狗，又立即开始对付我们庭院中最无耻的客人——麻雀。当它还是黄口小鸟的时候，就已经开始与麻雀斗争了。它张着嘴，在厨房的前台阶上跑来跑去，不让麻雀靠近狗食钵。说实话，这些狗食钵一直是空的。那里最多有一些剩下的煮熟的胡萝卜或香芹菜。

　　皮普什根本不需要蔬菜，它不喜欢。如果说它不知疲倦地从这个食钵跑向另一个食钵，从鸭盆边赶走麻雀，不让它们靠近鸡窝，这仅仅是因为它决不能容忍别人放肆的在院子里乱跑，未经它皮普什允许就把嘴伸向某处。

　　皮普什不停地追赶麻雀，不停地恐吓它们。但是，凭经验可以确定，这样做没什么效果。于是它就开始思索，长期而仔细的对某些问题进行研究。就在这期间，麻雀们蛮横无理到了无法想象的地步，几乎要骑到它的头上。但是皮普什却并不因此而发愁。一个计划终于成熟了。你们知道，每天傍晚，麻雀都会在我们院内高高的椴树上举行会议。皮普什也打听到麻雀要举行这种集会。这结果怎么样——不得而知。要知道，皮普什非常贪睡。天一黑它就会打瞌睡，比鸡睡得早。不论如何，天黑的时候，我们有人还在花园里遇到过它，而不是见到一两次。

　　黑夜中，它偷偷地去树丛里躲藏起来，观察椴树上的麻雀。

　　"嗯！有什么事即将要发生了！要出事啦！'保护天使'打算按照自己的方式使某人获得'幸福'！"我们说完就开始等待皮普什的下一步行动。

　　事情发生了。很难看见皮普什这个懒鬼多动一下翅膀的，但是，有一天白天，它突然向上飞去，飞到屋顶上。它蹦蹦跳跳地从屋顶的这一头到了另一头，走遍了整个屋顶。它在这边看看烟囱，又在另一边瞧瞧，接着，它就飞上了烟囱，它将周围的一切尽收眼底，然后就飞到地上。它又再次飞上天空，接着又重重地降落在白蜡树上。它在树枝之间跳着，一直爬到最上面，在那里休息了一会儿，又重新回到地面。

　　目前仅限于此。

但是，一切都在第二天揭晓了。午饭后，皮普什立刻飞上屋顶，在烟囱后面隐藏起来，从椴树上完全看不见它，它就这样等在那里。它在烟囱后面窥测，时时刻刻都小心翼翼地，注视着麻雀集会的那棵大树。

像往常一样，麻雀们按时赴会。耳旁又响起了它们叽叽喳喳的叫声。皮普什则纹丝不动，它在等待时机。

突然，一声大叫"克里西娅！"——不知它从何时何处学会的唯一的一句人话。是啊，它突然向椴树冲去了！

那里发生了什么事？嗡隆嗡隆的声音在空中响起——麻雀纷纷逃散。可能是皮普什狠狠地教训了几只粗心大意的麻雀，因为那里不止一次地传出过极其悲惨的叫声。

皮普什在椴树上停留了一会儿，不时用威胁的口气说：

"克里西娅！克里西娅！"

最后它向下飞去，接着，就在草地上踱起了步。它每走几步就停一停，抬头望着椴树叫道：

"克里西娅！克里西娅！"不用怀疑，这意思是说："我收拾了你们这些胡作非为的家伙，不能在我的花园里集会！严禁在傍晚集会！否则我就将你们揍死！"

一连几个傍晚，它都守护着椴树。现在它已不再隐蔽，而是在烟囱顶上站着，监视着整个花园。

麻雀企图在白蜡树上开会——皮普什把它们驱散了。它还从另一棵白蜡树上，从街道另一边的一棵椴树上吓跑了麻雀。

"好，我把集会消灭了！秩序整顿好啦！再也没有麻雀出现在我们家了！"它确信，于是它就开始恢复原来的比鸡早的就寝时间。

它就是用这种方式将一切破坏掉，因为麻雀等了一天，又一天，而到了第三天，庭院中已经又有几十只麻雀在散步。一周以后，它们都已旁若无人地迈着矫健而敏捷的步伐在围墙之上奔走。皮普什赶走它们，不久它们又回来。这样永无止境。与麻雀作战不是一件容易的事！

皮普什早就知道，我们人类远远不像所说的那样聪明。比如，为什么我们允许各种愚昧无知的人物在我们家里、庭院里、花园里到处闲逛？

　　比如说，谁需要洗衣女工？这个婆娘直接闯入洗衣房：每一个人都知道，这洗衣房完全归皮普什掌管！哪怕她在这种情况下表现得体面一些，这也说得过去。才不是这样呢！她刚进入洗衣房就开始胡作非为，弄得肥皂沫四处飞溅，热气腾腾……忍无可忍！还是不进去为好！这也称得上有秩序？

　　"克里西娅！……克里西娅！……"皮普什一见到洗衣女工就叫，并疯狂地扑向她。

　　它的脑袋因此遭到湿内衣和刷子的殴打，但这一切都无济于事。如果它进不了洗衣房，它就躲在围墙上，偷看着洗衣女工。然后，它就一边叫，一边空袭那不幸的女人，在她身上乱啄。

　　她只好在洗衣的时候把它关起来，并警惕地注视着它，以免它再次飞出来。

　　皮普什也憎恨砌炉匠，因为他在洗衣房里重砌炉子。不能原谅他未经许可就在它的领地里为所欲为。只要有机会，它就竭尽全力教训一下砌炉工。但是，我永远无法搞清皮普什为何要嘲弄小铺子里的听差小格尔特达这件事。她就像怕鼠疫一样害怕乌鸦。如果她头上不撑一把伞，就不踏进我们的院子。而皮普什通常都不看她一眼。看来，皮普什蔑视怕它的人，讨厌胆小鬼。

　　但是，它对我们的邮差拉姆帕尔奇克先生是由衷地喜欢。拉姆帕尔奇克先生是一位伟大的动物专家。他谈论自己的松鼠可以谈上几个小时的时间。其实，当我们与他认识的时候，他的松鼠洛贾早已到了另一个世界。但是，对他而言，他的松鼠洛贾永远活着，永远是世界上最聪明的动物。

　　当人们对邮差说到皮普什或我们家的某个居民的恶作剧时，他总是侧着耳朵饶有兴趣地津津有味地听着——拉姆帕尔奇克一只耳朵听力不好——并且还会突然有一阵不太响亮的、尖细的笑声从他那里传来。

　　"真是个胡作非为的家伙！"他兴奋地说，"真狡猾！"接着又说："我的洛贾……"

　　我们也不知道听过多少次拉姆帕尔奇克先生讲述他的洛贾的天才以及依恋主人的故事，而且总是听得津津有味。和这位干瘪矮小、永远面带微笑的老邮差一样，我没有见过几个如此熟悉和理解动物的人。

拉姆帕尔奇克先生经常轻轻的在图皮、恰帕或伊姆卡的耳边讲一些温柔体贴的话语。动物们都懂他的话。他小心翼翼地梳理乌鸦头上的羽毛。皮普什满意地弯下身子，眯起眼睛，垂下双翅，对他报以温存。知道皮普什温顺起来就喜欢给别人梳理头发，而且拉姆帕尔奇克先生的头又和膝盖一样光秃秃的，所以皮普什就梳理他那刷状的胡须。

"真不害羞！还想亲吻我，"拉姆帕尔奇克先生背地里偷笑，因为他知道皮普什是不轻易表示温顺的。

皮普什对待我们不同的客人有不同的态度。它明显地喜欢一些人，于是就跟在他们后面走，围着他们，在他们周围转来转去，和他们并排而坐。用喙去和他们接触，但很小心而且很有礼貌。这仅仅是提醒他们它在这里，而且很喜欢吃饼干。从没做过一件使他们不愉快的事。顶多是解开对方的皮鞋带或扯下一枚纽扣。

但不该对皮普什扯纽扣的事生气。它总是需要纽扣。它有几个存放纽扣的仓库。也许您认为在这些仓库里，纽扣是被乱七八糟地混放在一起的，完全不是！在露台的下面放着大的纽扣，但是在桶里，则保存着皮普什最珍贵的宝贝——珠母纽扣。皮普什就像一名专业小偷一样，偷纽扣很在行。它会顺手牵羊，会当着主人的面偷。它用喙从大衣上把纽扣拧下来，从短大衣上扯下来。而且从来没有被当场抓住过。然而，因为皮普什藏宝的地方，我们都知道，所以有时我们就会像去商店一样，去它的秘密仓库里，把纽扣取回来。

因此，皮普什很喜欢我们的一些熟人，但是对另一些人却是憎恨，不知道为什么。譬如，有一位年轻军官经常来我家，皮普什可能会为之而感到高兴。他有许多亮闪闪的纽扣，而且呈齿轮状，非常漂亮啦！其实，无论是银纽扣还是齿轮状的纽扣，皮普什全都不想了解。它在客人喝茶的桌子附近的接骨木丛中躲藏着，用一双狡猾的眼睛盯住军官。一旦时机到了，它就会从树丛里跳出来，对准自己的对手乱啄一气——随即逃之夭夭！

或者跟在自己对手的后面，并且非常灵活地躲避，以免被我们抓住将它锁进洗衣房。它把军官送到大门口，再飞上白蜡树，然后在那里等待着。只要便门"嘭"的一声关上，乌鸦就避开自己的对手，扇动着翅膀，大叫一声：

"克里西娅！……克里西娅！……"这一声可能是意味着可怕的诅咒。

皮普什对住在对面的多勃曼狗洛尔德的女主人不是太喜欢。

这是一位开朗的女士，活力四射，但有些古怪。有时，她会无缘无故地唱起茨冈浪漫曲。所以，我觉得正是因为这茨冈浪漫曲，皮普什才对这位有音乐才能的女士产生痛恨。

从外表看来，它对她彬彬有礼。它与她保持适当的距离，并无恶意地看着她。甚至从她手中接过饼干屑，让她抚摸。突然，歌手完全出乎意料地从椅子上跳了起来，无所顾忌地叫道：

"哎哟，该死的乌鸦！"

我们只好在她腿部的新青伤上敷上纱布，并请求她原谅皮普什。而这个坏蛋却在花坛上来来回回地走着它自己的路，假装在映山红中寻找极其重要的东西。

皮普什就是企图用这种方法，来调整我们与朋友之间的关系。如果说它没能完全坚持自己的意见，仅仅是由于餐巾和打狗棒，尤其是打狗棒，毕竟比它强一些。

皮普什不喜欢茨冈浪漫曲，不喜欢歌曲和普通音乐，是有很重要的原因的。

那时，皮普什还是个真正意义上的浑浑噩噩的少年，喙周边的黄色胡须刚刚脱去。当时它对一切事物都感兴趣，它观察每一个角落、每一只瓦盆、每一只小箱子。当然它自己的视线也不会绕开留声机。它对这只箱子很感兴趣，因为有不熟悉的声音从其中冒出来。更使乌鸦着迷的是，有时候这只魔匣里会传出一种似乎很熟悉、很亲切，但又不是完全如此的声音。有人在唱歌，就像克里西娅或卡捷琳娜在唱一样，但显然不是她们。

只要把唱片放上，开动发条，皮普什就会应声赶到。它倾听着，一会儿将头偏向右边，一会儿侧向左边。突然，它像闪电一般把喙插进扩声器。但是，令它感到惊奇的是，那里一个人也没有。

于是它重新倾听，重新将脑袋转动着，静悄悄地守候着。它又一次尽可能爬进留声机的更深的内部，并从那里传出它那压低的叫声"哇！"（它是过了很久才学会叫"克里西娅"的。）

这样持续了大约一个月。

有一次，我在看报，突然听到食堂里传来克里西娅叫我的声音：

"叔叔，快来！你看呀，皮普什在干什么！"

我一跑进去，就看见了令我难以忘怀的一幕：呆头呆脑的乌鸦用一只脚的脚尖站立着，全身做着稀奇古怪的回转动作，就像一只熊站在烧红的煎锅上一样。

原来，皮普什跑到了被打开的留声机上，并研究起来。它在唱片当中站着，用喙转动摇柄，上紧了发条。唱片开始旋转，吓呆了的乌鸦也在唱片上转动起来。

吓得乌鸦目瞪口呆，张开双翅，发出非常含糊不清的、嘶哑的叫声：

"哇！……哇！……哇！……"

此时，可笑的乌鸦在原地踏步，同时浑身剧烈地颤抖着。请你们相信——还有更好看的呢！

发条终于松了，唱片停止了转动。皮普什先向右一转，再向左一转，然后突然仰面朝天的倒下！

看得出，它脑袋被转晕了。

克里西娅把它抱在手中，皮普什把头埋在她的腋下，开始诉苦。它的声音很低，很悲伤。它那"哇"的叫声从来没有显得如此痛苦，如此悲伤。

从此以后，皮普什就开始对留声机产生了仇恨。经常围着它转来转去，以非常不信任的目光看着一切黑匣子。它仇恨音乐和歌曲。一听到有人在家里唱歌或演奏，它就逃进洗衣房，不在屋里出现。经常有这样的情况：每当别人特别讨厌皮普什的时候，我们就让留声机大声唱歌。乌鸦就会站着不动，警觉地注视着我们，摇晃着脑袋，发出自己的叫声"哇！"，很明显，这具有责备之意。

"你们怎么啦？又各行其是了！难道你们不知道我不喜欢这一套吗？"

它一跳一跳地赶快奔向门口。在门槛上左顾右盼，又叫了一声："哇!"其含义是："不和你们玩啦!"——然后，渐渐地消失了。

但是，乌鸦随着时间的推移变聪明了，已经和以前不一样了——用任何一首小曲就能轻易地把它赶出门去。它知道，我们的歌唱和唱片——这是完全不同的东西。但是它发现这个之后，还是不喜欢音乐，对演唱盒的仇恨也没有停止。

一听到克里西娅唱歌或听到我演奏钢琴，它就竭尽全力用很严厉的喊声来把它憎恶的声音掩盖掉。但留声机依旧在一旁继续旋转，公然以厌恶的目光看着它。它不能原谅这该死的玩意儿，它受到了惊吓，并且不由自主地舞蹈。

有一个夏天，克里西娅的家里来了几个客人，是她学校的女友。皮普什对吵吵闹闹很不喜欢，所以就不在公共场所露面，而且椴树下的留声机还放着音乐。

皮普什等到完全安静下来之后才出现。这时桌旁空无一人。它总喜欢在客人走后检查是否还有什么好吃的东西留下。皮普什摆着架子，沿着草坪大摇大摆地向椴树走去，突然，它发现凳子上放着被打开的留声机。

皮普什迟疑了一会儿，跳上长凳，小心谨慎地远远地看着留声机。它提心吊胆地看了一眼留声机的内部，又立即跳开了，在长凳上停留片刻，想了想，又看了一下里面。

一项计划已在它心中酝酿成熟。

它从长凳上跳了下来。像往常一样，一旦它作出决定，就会迅速而急切地跳到一棵缠绕在墙头上的野葡萄树上。它采下一片硕大的葡萄叶，把它拿来，塞到了留声机的喇叭里，然后过去再采。为防止意外，每塞进一片叶子，它都跳离喇叭，检查一遍看它转还是不转。看到周围一片寂静，皮普什就壮大胆子，开始用喙把叶子夯实。塞满洞后，它又放了几片叶子在那上面，然后，就开始欣赏自己的劳动成果，突然，它又用喙敲打了几下那里。最后它再小心翼翼地慢慢爬到匣子边缘，过了一会儿，再用喙敲击几下。终于下了决心去爬到那堆叶子上面，开怀大叫起来：

"克里西娅! ……我彻底征服了这该死的匣子!"然后它就跳到桌子

上——收集饼干屑。

皮普什就是这个样子！

皮普什所做的一切都有它的目的，都是经过深思熟虑，而且非常细心地予以完成。

但是，应当承认，我不是一直能够了解乌鸦想些什么，追求什么。譬如，我几乎绞尽脑汁试图弄明白，为什么皮普什顽固地把花园里所有的白花都采掉？只采白花。为什么它千方百计地，要把这些白花放到一个专门挖好的小坑里？小坑不在僻静偏远之处，就是在花坛的中央。为什么它要把这些花放到那里去，并且用土盖上？

也许还有。为什么皮普什从卡捷琳娜那里拖来一顶旧草帽，把它撕成一条条的，然后再把它们分别挂在树丛中？要知道，当我们去拿下它的这些稻草人时，它就自我保护，啄人，叫喊。

我也搞不清楚，为什么皮普什不允许把狗食钵放在厨房旁边。它每天都拉着这些狗食钵穿过院子，再一个挨着一个地把它们放到露台附近，同时还发出很大的响声，让全院都知道：皮普什在把狗食钵放到了对的地方。

又比如，严令禁止鸡出鸡舍，鸭出栅栏。这能够理解。"保护天使"认为，鸡舍的存在是为了让鸡住在里面，而不是随它们在院子里乱逛。至于鸭子，应当在自己的洗衣槽边待着。但是，为什么小猫伊姆卡碰一下狗没啃干净的骨头都不可以呢？

对啦，因狩猎权的问题，皮普什曾经专门找伊姆卡算过账。皮普什猎取小老鼠和大老鼠的本领一点也不比猫差。它很不喜欢别人在它的领地里企图偷猎。一旦发现伊姆卡带着老鼠，它就一声不响地从它口中立刻将猎物夺走。

有一次，伊姆卡得到一根骨头，并叼着它躲进一口旧铁锅。在这个已锈成一个大洞的破铁锅里，卡捷琳娜放了生熨斗用的煤。皮普什正站在栏杆上，和往常一样，注视着院子里的一切。它发现伊姆卡在铁锅里加工骨头，就飞下去，停在铁锅上面，瞧了瞧里面。伊姆卡自以为很安全，因为它知道铁锅可以在上面保护它，免遭皮普什喙的攻击，所以它就对乌鸦说了些非常难听的话。皮普什又看了一下铁锅里。才明白从这一边不可能靠近伊姆卡。于是它就转过身去，这时，它发现了伊姆卡的尾巴末端在锅底的洞口外面露着，它就猛地一下，用嘴咬住了它，再使劲一拽。

伊姆卡像被火烫了似的，大叫起来，扔掉了骨头。图皮扑向骨头。而伊姆卡并非出于恶意，完全是为了逃命，才使劲将图皮的双耳抓住。图皮急忙逃窜，伊姆卡带着铁锅，在它的后面跟着滚动。这时，皮普什才把它的尾巴放掉，转过身去，自上而下地啄了一下伊姆卡。猫放掉图皮的耳朵，跳到了围墙上。从此以后，它连看都不看一眼骨头……

不过，猫如果对狗的财产还心存妄想，皮普什就会教训它一顿。因为，一旦它做出决定：伊姆卡不用干涉狗的事务，那么问题就可以认为已经得到解决。

当然了，我们的皮普什也会显得可爱而善良。对它来说，这种情况确实相当少。因此我非常珍惜它的善良。我想说的是，这是宽宏大度。要知道，它甚至给我们带来一些小礼物——意想不到的礼物。

它不止一次的一来就跳上桌子，在我们面前放上一朵破破烂烂的小花或一小片叶子。有时候，它还送来一只青蛙。对，没错，是它用自己的喙捕获的青蛙，并且目光温柔，像是在讨好我。

"请吧！"它对我说，"这是给你的，怎么处理随你便吧！"

接下来，它就等着。怎么办呢？要感谢它。我抚摸乌鸦的脑袋，它很喜欢我这样做，或者给它梳理胸脯的羽毛，它更加欢喜这样做。为了表示亲热以博得欢心，它把自己的喙放在桌子边上，使劲的来擦净，然后跳到我的肩膀上，开始一根一根地拨动我的头发。同时不断看我的眼色行事。

"你觉得很开心，是吗？因为我给你梳头，你最喜欢，对吧？"它追问。

我尽量装作很高兴。因为我不能不表示感谢！尽管它的殷勤有时候给我们带来不少麻烦。

记得有一次，在夏天，我们在露台上和往常一样吃午饭。卡捷琳娜端上来一锅汤。她揭开锅盖，将锅盖拿在手中，同时与克里西娅交谈。不知皮普什从哪里来了，突然出现在桌上，它剧烈地跳啊，跳啊，跳啊！咕咚！它把一只棕色大老鼠扔进汤锅。

很明显，它是决定给我们的素汤加一些调料，使它香、味俱佳。结果令人啼笑皆非！

皮普什到了冬天就安静下来了。它变得非常温柔、可爱、友善，不会给任何人带来不快。它的全部精力和才智都用在下面的事情中：悄悄地潜入房间，不知不觉地爬到炉子后面。它竖起羽毛、缩头蜷身，一连打了几个小时的瞌睡，尽量不引人注意。乌鸦知道一旦被人发现就会立即遭到高声训斥与谴责，这样，它就不得不去洗衣房，但是那里既寒冷，又不舒适。出于怜悯心，最多只能让它留在厨房。

但是，皮普什并不喜欢厨房。这不仅仅是因为不太相信卡捷琳娜这样性格的人。厨房里有炉灶，非常温暖，只是在炉灶旁边取暖不太安全。

对由于自己童年时代的轻率行为所造成的惨痛教训，皮普什还记忆犹新。那时算是与烧红的炉灶相识了，也与盛满沸油的煎锅相识了。有一次，煎肉的香味吸引了它，它一下子从地上跳到炉灶上。这场灾难之后，我们费了半天劲才把它救活。

经历过这次地狱之火，皮普什很长一段时间对厨房避而不入，尽可能离炉灶远点，绕道而行。如果上天一定要它进厨房，那么它就待在那里的餐橱顶上。那里安全得就连抹布也够不到。但是打狗棒却是另外一回事，到处都能够到它。因此，皮普什这只聪明鸟，一见到卡捷琳娜手拿打狗棒，它就叫一声"克里西娅！"——一下子跳到泄水盆上。

这大概是说，皮普什它什么都不需要，来厨房里只是为了喝水。于是它就请求打开水龙头。

它有趣的用喙对准水流，一够着就喝。它同时不停地扇动翅膀，身体摇摇晃晃，一直在舞蹈，实在滑稽可笑，惹得卡捷琳娜忍俊不禁。皮普什在喝水的时候，斜着眼睛看着卡捷琳娜。当它发现打狗棒又在钉子上挂着的时候，它喝水的欲望也渐渐没了，于是，它又重新飞上橱顶，在那里，它可以居高临下地俯视周围的整个世界。

但是，用这样简单的方法可不是总能笼络卡捷琳娜的。她通常不喜欢皮普什在厨房里闲逛。

要知道，皮普什也很想在厨房里建立自己的秩序。它很了解卡捷琳娜，知道她为人固执，知道要想说服她，等于白费时间，于是，它就同时采取恐吓与冒险的手段。

譬如，它确实认为，勺、刀和叉不应当随便乱放，所以，它就偷偷地把它们放到一个地方：煤筐里。尽量把所有的抹布、碎布都塞到餐橱后面。把桌上放着的其他小东西都浸入牛奶罐中。

皮普什非常喜欢把所有能吃的东西都锁进橱里，不让它们放在别人能看得见的地方。为了达到这个目的，它对自己的肚子一点都不怜悯：把肉饼当药丸吞下去，对于蛋，用喙一敲，即可击破。

显然，它做的这一切，完全符合卡捷琳娜的利益。但是，你等着瞧吧，人们可能会感谢你吗？因为自己的劳动、建议和开导，皮普什必然会被抹布袭击头部，于是，它就像子弹一样飞离厨房。

可想而知：当卡捷琳娜与别人交谈时，只要一时忘了提防皮普什，乌鸦就偷偷地向她靠近，啄她的脚，甚至不是很痛的啄她，仅仅是给个暗示：它皮普什能办到一切事情，它并非那样善良、大度，并不姑息人类的弱点……

皮普什是世上罕见的怪鸟、聪明鸟。可惜，它被自己的一个恶习所害了。这是人类的恶习，就是这个恶习把这只乌鸦通向坟墓的大门打开了。

一提起这件事，我就会感到不快。但是，既然发生了还能怎么样呢！皮普什是个酒鬼。是啊，是啊，酒鬼。在这一点上，除了我们谁都没错。要知道，如果它不和我们在一起生活，就不可能尝到酒的滋味。

起初，它完全是无辜的受害者。有一次，皮普什吃了好多浸过酒的樱桃。它醉了，像醉鬼一样走起路来摇摇晃晃，大声乱叫着，爬过去与伊姆卡接吻，差一点啄瞎了图皮的一只眼睛，然后就直接躺在草坪上睡着了：在它清醒的时候，它从未这样做过。

事后不久，皮普什把一只里面还有不少果子露甜酒的高脚杯子弄翻了。它把酒喝得一滴不剩。它又醉了，而且很放肆的胡作非为。从此以后，它就想尽办法来寻找各种喝剩的酒杯。我们想方设法要阻止皮普什贪杯。岂能让我们的皮普什这只聪明的鸟把自己的智慧断送在酒杯之中！

有一段时间过得很好。葡萄酒和伏特加，皮普什都没有闻过。但是，有一天，我和卡捷琳娜把一大桶黑豆露酒倒出来，分瓶来装。因为有人来了，就耽搁了时间，所以我们到很晚才结束工作。还剩下一点沉淀物的酒桶被卡捷琳娜放进了贮藏室，把它锁在那里，打算早上就把桶洗干净，并且用硫黄加以烟熏。

但是乌鸦起得比卡捷琳娜早，所以当我们走进贮藏室时，发现皮普什已经死了。

桶口上的小塞子已被拔掉。可怜的小东西将头伸进了桶口，无法拔出。就这样，皮普什死了。

我们把皮普什埋葬在玫瑰丛中……

几天之后。在一个大白天——门铃响了。我出去一看，我的一位熟人在门口站着，不过他住得相当远。我和他闲聊了一会儿，最后客人看了看四周问：

"我四年之前托人带给您的小乌鸦，现在生活得怎么样？"

"它已经没啦！"我说。

"没啦？"他感到惊讶，"这就是说，我失败了。您知道吗，我打了个赌。""什么赌？""我跟一个人提起过您，还有您热爱动物的事。他原本打算把乌鸦留在自己的身边，但是他觉得乌鸦非常讨厌，所以他不得不想开枪将这只乌鸦打死。他向我担保，您也不能和乌鸦和睦相处。我们就打算做一个试验。我就拿您打赌，"客人笑了，"结果呢，我输了。"

"是啊，难道您认为只是因为无法与它和睦相处，我就会打死一个活生生的动物？我可以向您保证，乌鸦皮普什是我们的大朋友，而且，对它的哀悼，我们永远不会停止。"

于是——我准备发誓！——我把这几个字说完，突然，从丁香花丛的某处传来了我们皮普什甜美的叫声："克里西娅！……克里西娅！……"

"那么，它是在您这里失踪的？"客人猜想，"但是，您得同意，乌鸦是一只很令人讨厌的鸟。"

接着，突然我的客人脸色一变，从椅子上跳了起来。

不管您信不信，但我相信，这是皮普什从埋伏的地点跳出来了，而且按照自己的习惯，啄了一下这位令人厌恶之客的脚！

二、聪明的寒鸦

正如常言所说，一旦杜舍克被伤病缠身，也会变得温顺。很显然，这是在它受到追捕之后。我不否定，很少发生这种情况。但是，当杜舍克在安静的时刻，它简直不像一条狗，而是个奇迹！它会无限忠诚地、深情地看着你，似乎只要你对它说一声：

"杜舍克，跳到火里！"

它就会问你：

"是跳进烤箱里还是炉子里？"接着火中就会只露出它那摇动着的半截尾巴。

在这些美好的日子里，杜舍克和我一起在城里散步。它和我寸步不离。在集市上的路灯边玩老鹰捉小鸡游戏的狗群丝毫也没有引起它的兴趣。就连肉铺它也不赐以青睐。经过香肠店时，它眼望天空，好像在数着像银色的雨点般在蔚蓝色的天空中飘洒的鸽子。

这是狗高尚品德的典范，对吗？

有一次，我们和杜舍克从邮局出来，拐进了一条小巷。那里曾经有一座法兰西斯修道院。

修道院古老的建筑物内早已安置了一所学校。而天主教堂里很少有人做弥撒。孤零零地耸立在一旁的钟楼已经没有了钟。但偶尔还是会从某处钟楼传来洪亮的钟声，那声音仿佛就出之于这座已经失音的钟楼！无论是在窗内，还是在尖尖的屋顶下，也就是尖顶的下面，无论是壁龛，还是因为砖块从破旧的墙壁上脱落下来而形成的凹陷处，自古以来就有寒鸦筑巢栖息。寒鸦很多，甚至无数！

这些乌云般的寒鸦的叫喊声响彻全城。它们哑哑的叫声随处都可以听到。早春时节，每当小乌鸦寻找舒适的房舍居住时，路经修道院街的行人就不得不高声喊话——否则就听不清楚对方在说什么。

因此，邮局局长——那个爱发牢骚、好唠叨的，一生中从未为自己、为妻子或者为未来的孩子找寻过舒适住房的老光棍——有时候会打开通风小窗，伸出手去用直径大如炮的过时手枪向天空打上一发霰弹。这样做，很显然是为了吓退寒鸦，但是乌鸦似乎对他的这种不合时宜的举动根本不屑一顾。它们想到的事极为重要：要注意那些胸膛里没有心脏，而是像海绵一样吸透了酸醋和愤恨的人！

我喜欢研究乌鸦：它们一直在运动、飞行、忙碌和劳作。教养，尤其是养活贪食的后代，是一件很不容易的事。我赞赏寒鸦的进取精神，钦佩它们勇敢远征为子女索取食物，所以我喜欢这些寒鸦。

于是，这一次我在修道院前停留了片刻。我望着钟楼，突然听到有吱吱的叫声，我扭过头去：原来是杜舍克正在折磨一个小动物。我从它的口中救出受害者。原来是只寒鸦，确切地说，是一只小寒鸦。看来，狗害得它确实不轻——小寒鸦仅有一息尚存。幸亏杜舍克还没来得及咬断寒鸦的喉咙，也没折断它那刚长出羽毛的小翅膀。

我把小寒鸦放在帽子里，以最快的速度奔回家去。我们的穆夏就这样逃离杜舍克之口，来到了我们的家。

我救了小寒鸦，不过真正的关怀才仅仅开始。要知道，穆夏需要吃东西。这是很自然的。但是我们家的所有人都想象不出该用什么来喂养小寒鸦。卡捷琳娜的建议是：牛奶从未给任何一个婴儿带来过害处。于是她把浸透了牛奶的白面包塞入穆夏的嘴中。糟了，糟透了！可怜的小寒鸦吃了以后，简直像一个两条腿的会滚动的喷泉。

就是给它吃没奶的白面包，情况也好不了多少。

给它吃谷粒试试，又完全失败了！

那怎么办呢？我开始在各种聪明的书中查找关于鸟类的资料。我在这些书中读到寒鸦尾巴上有几根羽毛，它的消化系统就有多长。但是，应当把什么东西放在小寒鸦的这种消化道里，才能使它不会饿死——唉，关于这一点书上一个字也没有提到！

　　突然我想起，曾经看到过老寒鸦用一种蚯蚓似的东西喂自己的幼鸟。我想，那太好了，就来试试蚯蚓吧。

　　我召集起全城熟悉的顽皮孩子，和他们商定，要他们每天给我带来新鲜的蚯蚓。

　　"是钓鱼的那种吗？"有个叫罗姆卡的最调皮的孩子问我。

　　"对，正是那种。"

　　"您钓鱼？"罗姆卡惊奇地问。

　　他们有生以来从没见过我手中拿过钓鱼竿。

　　"不，"我说，"不是钓鱼——我有一只小寒鸦。"

　　于是我对罗姆卡讲了我关心的事。小孩子听完我的话摇摇头就跑了。一刻钟之后他又回来了。

　　"我知道该用什么喂养小寒鸦！"他说。

　　"是吗？从哪儿知道的。"

　　"我叔叔曾经有过一只寒鸦。他抓到它的时候，寒鸦还很小，可是它后来死了——是被线缠死的。"

　　"叔叔对你说些什么呢？"

　　"应该给它吃粥。煮熟，凉透，然后捣得很烂。还要……掺些……小沙子，也要捣碎。不过只要一点点，明白吗？""明白，"我说，"所有的鸟都吞食沙子或小石子，以便让饲料在它们的胃里能更好地被磨碎。"

　　"是的，是的，我叔叔就是这么说的。蚯蚓也可以给，不过不用很多。"

　　我终于弄清楚该用什么来喂养我的小寒鸦了。向谁学的呢？向罗姆卡学的，要知道，他可是曾经认为，想出乘法口诀表的唯一目的就是为了让教师能够无缘无故地挖苦那些无辜的孩子！

　　靠着吃掺了沙的粥和罗姆卡带来的蚯蚓，穆夏长得很快，简直像发酵一样。但是，它像大多数孩子一样，很腼腆，而且总是拉住妈妈的裙子。当然这是指拉卡捷琳娜的裙子，或者是拉住克里西娅的裙子，不过有的时候它也会拉住我的裤子。如果我坐着，穆夏就在我的皮鞋附近跳来跳去；如果我站起来，它就会尽量走在我的双腿之间。为了这只寒鸦，我学会了岔开双腿走路，以至于有人讥笑我，说我像远航归来的水手。不得不承认，我那优美的步态并没有让我十分激动，但是让我感到高兴的是，我的穆夏依恋着我而且并没有感觉到自己是个孤儿。

穆夏的情况一天好过一天。它穿着自己那优雅的黑色燕尾服，目光中时常流露出愉快而好奇的神情，它似乎对世界上的所有东西都充满了兴趣。它很温柔，而且很喜欢对你表示亲热：一站到你肩上，它就会用自己的小脑袋蹭蹭你的手，或者蹭蹭你的脸；当它在地板上散步的时候，甚至还会蹭蹭你的皮鞋。它对我们坐过的安乐椅的蹬腿还多次露出满意的样子。在这样的情况下，它一般会抖抖翅膀，行行鞠躬礼，嘴里虽然说着寒鸦的语言，但是这些话当然表达出无限的柔情而且无疑是直接发自内心。

我们怎么能不喜欢我们的穆夏呢！只需要说一件事就足以证明这一点：卡捷琳娜，我们最严厉的卡捷琳娜竟然会允许穆夏在她的床上来回走动，甚至任由它在自己的枕头上走来走去！

穆夏很喜欢社交，而且它彬彬有礼。不管谁到我们家来——小寒鸦都会立刻跑过去迎接客人。它跳啊，跳啊，一步一跳地来到客人面前，然后站定，注意力集中地望着来访的客人。然后一下子就跳到他的肩上。如果我们的客人因为害怕穿堂风而在耳朵里塞着棉花，那就糟糕了！因为寒鸦会一声不吭地从他的耳朵里拉出棉花，然后很快就逃之夭夭。

正是因为这一点和其他的一些原因，时常会发生一些小误会。不过，哪里会不发生这样的事情呢？不过，我们并不是很注意这些小节。况且我们有充分的理由认为穆夏是世界上的第八大奇迹，鸟类中的黑珍珠。

更让我们感到幸运的是，我们的黑珍珠不仅可爱而且聪明。穆夏非常熟悉自己的名字，只要一叫，它就会从很远的地方借助于翅膀一步一鞠躬地跑过来。只要克里西娅对寒鸦说一声："吻吻我。"穆夏就会立刻站到她的肩上，用它的喙来接触她的嘴唇。

夏季已经接近尾声了，寒鸦已经很善于根据指令摆动翅膀和翻筋斗了。它是这样翻的：把头插到自己的两腿之间，然后把腹部朝天翻过来。它还会跳舞，两只脚换来换去来回变换重心，先是向右跳两三下，然后再向左跳两三下。我们家把这种舞蹈叫做"寒鸦哥萨克舞"。这个舞蹈不仅是在我们这个主人家里，而且在客人那里也享有盛誉。那我还有什么好说的呢。"寒鸦哥萨克"在全市都有名气了。

当然，你们应该会很想知道，我们到底是怎样教我们的动物玩各种各样的把戏的吧？

如果我对你们说我们通常不教它们，你们可能不会相信。可是，这不过是它们自己向我们展示，它们擅长做什么，或者能够做什么。而我们只不过是和它们约定，它们要根据我们的某些信号做这样或者那样的动作。这样说懂了吗？不懂？那你们就听着。

我家动物所表演的所有把戏一开始全部是偶尔发现的。例如，我们中有人发现穆夏饥饿的时候会站到圈椅的扶手上去，在上面前后走动，伸长脖子大声叫喊以提醒我们：该吃饭了。从那个时候起，我们就只在圈椅上喂它吃东西。而且如果它不表演自己的舞蹈，就永远得不到食物。

"跳舞，穆夏，跳舞啊！"如果它很固执，我们就会对它说明："如果你不跳，就什么也得不到！好的，穆夏，'哥萨克'！"

就在这个时候，有人会吹起或唱起"哥萨克"的曲子。

穆夏没用多久就明白了，如果不先在圈椅上跑一阵子，是得不到食物。就这样，它慢慢习惯了这样做。于是后来要想吃东西的时候，它就会到处表演自己的舞蹈：在桌上，在地板上，甚至在窗台上。如果没有人注意到它的舞蹈，它就会生气，并且会对着我们叫唤：

"怎么会这样，怎么回事？我在跳舞，而你们却一点儿也不关心，这算什么家规？"

后来，穆夏慢慢听腻了自己的名字和对着它吹奏的那首熟悉的调子，所以它走起路来也就东倒西歪的。

在练完了自己的一套把式之后，寒鸦就会停下来，目不转睛地望着我们，好像在说："我认为我已经玩够了！"

在这之后，任何力量都没有办法迫使它再一次舞蹈。也许要用新的美食来吸引它才有可能。当然每次表演之后，小寒鸦会得到它应得的东西。对待动物应该诚恳，就像对待人一样。千万不能行骗，否则您就会失去动物对您的信任。难道您可以和经常失信的人友好相处？

　　不过，我还是应当提醒您一句，不是每一种动物都马上会明白您要求它做的动作。有的不懂您的意思可能是因为它们想象力不够强，还有的是因为它们根本不愿意做那些动作。

　　例如，我们的图皮是一条非常聪明的狗，但是它从来不想把爪子递给别人。它不愿意这样做，仅仅是因为这样！我们曾经试图说服它不要固执，但是它只是委屈地看着我们，好像在说："就请你们让我自己安静一些吧！你们何必对我纠缠不休呢？还有为什么要我把手伸给你们呀？"

　　它真是仅仅听从自己内心的想法！

　　但是……天哪，总是会出现这样一个"但是"的，我的"但是"是在夏天即将结束的时候出现的。

　　卡捷琳娜总是喜欢在午后用织针编织实际上谁也不需要的很暖和的袜子。每到这个时候克里西娅就会给她大声朗读。穆夏很自然地加入了她们的行列——这里怎么会没有它呢？两位女士在讨论书中男女主人公的结局。突然，卡捷琳娜大叫了一声：织针找不到了，穆夏也不知道到哪里去了。不过，过了一会儿穆夏又回来了，它站到桌子上，好像什么都没有发生过似的看着众人。卡捷琳娜在翻箱倒柜地找织针，她几乎搜遍了整个屋子，但是织针还是没有找到，好像是钻到地下去了。

　　我们的"但是"就是从此开始的。穆夏究竟是怎么偷的这些东西：铅笔、钉子、钩子、图钉——这在故事里没有办法说清楚，也没有办法用笔描绘出来。更何况它是在这些东西到处乱放的情况下一点点拖走的。穆夏首先学会了打开盒子，然后把它们从桌子或架子上推下去。它是个机灵而狡猾的小偷，所以只有需要用到消失的东西的时候我们才发现它们已经找不到了。

　　顺便提一下，穆夏使我养成了吸烟斗的习惯，那是因为我所有的香烟都消失得无影无踪了。

　　穆夏偷了我们主人的东西还算不了什么。甚至从某种角度来，还可以说，对我们有益。它使我们养成了讲究条理的习惯。要知道，我们所有的东西都必须仔仔细细地藏在橱里或者箱子里。坏就坏在，穆夏也在我们客人的身上锻炼自己的天赋。我们不得不多次进行极不愉快的解释工作。因此，当我们知道了我们寒鸦的全部"优点"之后，一有来客，我们就毫不怜悯地把它关起来，再把钥匙转两下。

尽管采取了这些预防措施，可还是会发生许多不愉快的事。曾经有一对夫妻第一次来访。他们非常古板，很注重保持良好态度。我们坐在客厅里，有些话不投机。突然穆夏一步一跳地出现在了我们面前。我本想赶走它，但是女客人却精神一振开始谈论自己是如何热爱动物。她问寒鸦叫什么名字……穆夏？原来她童年时代的名字也叫穆夏。于是她开始和自己的同名者客套起来，而我则突然从头到脚一阵寒战，因为我看到穆夏女士别着一枚胸针！要知道一旦见到闪光的东西，我们的寒鸦就会立刻失去所有的自控能力。穆夏这时正在跳舞，于是客厅里笑声不断。穆夏翻着筋斗，客人们看到了之后欣喜若狂。于是男客人站在桌旁弯下腰，并且对着它露出微笑。于是——一切都完了，我担心的事情终于还是发生了，而且比我预想的还要糟糕：穆夏竟然竭尽全力啄我们客人嘴里闪光的金牙齿。

别了，一颗金牙！而他的另一枚金属牙套也出现了裂纹。总而言之，这种不愉快的事还是不要去回忆的好……

冬天的时候杜舍克不喜欢到外面去，于是成了我们院子里的模范居民。不知道为什么会这样。但是穆夏却和它交上了朋友，成为它的理发师，替它梳理毛发，有时候甚至能梳上好几个钟头。然后它会在杜舍克身上选择最暖和的地方躺下，例如钻到狗肚子的凹陷处，然后美美地打上一个盹。

卡捷琳娜对我讲了一个令人难以相信的事实：寒鸦经常为杜舍克到厨房里偷骨头。我不太相信。因为首先，我从未看到过寒鸦这么做过。其次，自从穆夏从她那里偷了一枚圆形颈饰后，卡捷琳娜就讲了许多有关寒鸦行窃的离奇故事。甚至如果卡捷琳娜对我说，穆夏伙同杜舍克从家里搬走了钢琴，我也一点不奇怪。总而言之，我对寒鸦为杜舍克偷骨头的事情不了解，但我知道穆夏和杜舍克已经成了不可分离的朋友。

冬天快结束的时候，穆夏开始不安起来。它总是会突然飞出去，一会儿飞上屋顶，一会儿又飞到树上，然后就不见了。它整天不在家，回来的时候已经接近深夜了。它又失踪了几天之后，回到家里，在对杜舍克说了些什么之后，就彻底消失不见了。

太阳烤得很厉害，修道院的钟楼上正在召开住房问题预备会议。我们知道，穆夏是在走它自己的路，所以我们希望它能找到自己的幸福。而且我们确信，等到秋天，当田野里空无一物的时候，当寒鸦的艰难岁月来临之际，穆夏一定会回到我们的家。

实际情况是什么样的，似乎只有杜舍克知道。因为它经常到修道院去，尽管它习惯的远行路线完全通向另一个方向。我曾经亲自在修道院那里见到过它。当时它仰头而立，看着钟楼周围飞行的寒鸦。我相信，它是在拜访穆夏。否则的话，它为什么到那里去呢？

三月底的时候，杜舍克不知道为什么突然有了好情绪。于是我们一同进城，去了一趟邮局了。返回的时候我们经过修道院。正在我们靠近钟楼时，突然听到——"啪"的一声！

这是邮政局长在用自己的枪打寒鸦。

一只正在钟楼附近盘旋的鸟在空中停滞了一下之后，就像一张从窗子里扔出来的纸片一样，旋转了几下然后落到了地上。

杜舍克很快跑到它的身旁。它用鼻子触碰寒鸦，细心地舔着那一滴滴鲜血。它认出了这只小可怜是穆夏！正当它要得到幸福时，却死了！

难道这个邮政局长的胸膛里没有一颗跳动的心脏，而是只有一块充满醋意和愤怒的海绵吗？

三、毛驴演员

如果您沿着我们的街道走到尽头，就会看见一座广场。广场很大，空旷而乏味。夏天，来自全地区的狗都在这里找乐趣，而冬天，孩子们就会在这里滑冰——广场的水洼特别多。

　　我现在连这座广场的名称也记不起来了，只记得有些牌子上曾经写过一个很响亮、很严肃的名字。但是老百姓却不太尊重地称它为"老猪市"。城里的每个小孩也就因为这个名称而知道了这座广场。

　　有一天，通常空荡荡的集市广场显得特别热闹，甚至是拥挤不堪。我认识的孩子们一大清早都已经等在这里了。尽管母亲们多次叫他们吃午饭，但是并没有人离开。

　　你们大概会问："这到底是发生了什么事？"

　　当然大概你们谁也不会因为孩子们在家里坐不住而感到奇怪吧。

　　但是所有的孩子都出来不回家就奇怪了，这是因为什么呢——杂技！

　　首先看到的是白色的圆帐篷——顶部是用麻布制成的！而且还有几座装着轮子的小房子，看上去很滑稽，简直就是一些玩具屋，玩具屋上还有小窗，上面竟然还镶着真正的玻璃！还有烟囱，而且还冒着烟呐！最吸引人眼球的是那些装着动物的笼子。每个人都会愿意从早到晚都待在这里，睁大眼睛看那些东西，不是吗？

　　但是，我对这一切并不是太喜欢。我不喜欢杂技，因为我不愿看那些受过特别技能训练的动物。我太了解在人们把它们训练成杂技演员之前，这些不幸的动物需要经受无数的磨难。

　　然而，幸亏我有各种各样的赤脚熟人。

　　由于这个原因我每小时都能打听到来自老猪市的所有新闻，比如帐篷张好啦，明天开始表演啊，那里有两只真海豹啊，有只猴子会跳火啊，等等。

　　突然一个脸上长满雀斑的送急件的信使向我跑过来。我记得，他是个五年级的学生。

　　"啊呀，糟啦，糟啦！真是太不幸了！"远远的，在大门口他就叫喊起来，他那可爱的小脸流露出很害怕的神情，好像是半个城市已经陷入了火海，"杂技不演了，马戏团在拍卖呢！"

　　他劝说我，甚至恳求我，要我去看看到底发生了什么事。唉，我见到了真正的灾难。真是人类的不幸！

　　原来是因为杂技团的主人欠下无法偿还的债务，于是真的要拍卖其全部财产，来偿还那些债务。

那些珍贵的动物很快找到了新主人。但是，一头小毛驴却没有人注意。它很可怜，个子很小——甚至比身材高大的狗大不了多少，除此之外它看上去也不年轻。谁也不愿意白白领养它。

驴子好像并不知道自己就要孤苦无依了，所以显得很平静，不时地揪上一把青草，动动耳朵……好像一点儿事儿也没有。

我对这个长耳朵产生了怜悯心，可是，杂技团的主人甚至不怎么把这个可怜的家伙放在心上。看来，他已经决定把它抛弃在这里的草地上，任凭它自生自灭了。

我付了几个兹罗提，就握住了它的缰绳。

有个上了年纪的杂技演员（我还记得，他说话口齿不清，而且很明显受过伤）拍拍驴子背上的深色绦带说：“一芭虽然老了，但还是好样的！对，是好样的！就像人一样聪明！”他托起驴子的脸，用很温情的目光盯着它看了看，爱抚地拍了拍它的肩胛。“好了，走吧，老头，跟这位老爷走吧，走吧……”说完，他叹了一口气，转身而去。

而“好样的”动了动耳朵，摇了摇头，像狗似的跟着我就走。但是，当我们走到广场的边缘时，驴子突然站住了，回头望了望杂技团，之后就吼叫起来！

不知道你们有没有听过驴子的叫声。我可以确切地告诉你们，那声音跟夜莺的歌声一点也不像！更像是一个被骨头卡住喉咙现在只能大口大口地吸气的人发出的呻吟声。

我甚至以为我耳中的鼓膜会被这叫声震破。

仔细听听，我才明白，“好样的”在哭泣。是啊，它在哭泣！因为它就要与所有亲近它、熟悉它的人分离了，就要告别它早已习惯的一切，也许是它从驴子生命的初期就已习惯了的一切。

“走吧，小家伙，走吧！”我对驴子说，同时尽可能温柔地看着它那泪迹斑斑的脸。

它沉默了下来，看了看我，摆动了一下耳朵接着就低下了头，随后步履艰难地跟在我的后面，就像是一个对未来的一切都感到无所谓的人……

从此以后，"好样的"就搬进了我们的院子。

它个子很小，所以我不必为建造新的牲畜栏而操心。

我把它安置在了一间棚子里。驴子瘦弱、憔悴、可怜。很显然，杂技团早就不走运了，所以好多日子以来"好样的"就只能"吃斋"。我想让它快点儿强壮起来，尽可能地让它长膘，而克里西娅竟然用糖招待它。

在我们的精心照料下，"好样的"很快就恢复了健康。但是，我们的驴子才刚刚长了一些膘，就开始显露自己的习性：每天吼叫。清晨叫，午饭时叫，午后叫，晚饭前也叫。那叫声响彻全城！自然，没过多久就开始有不是这个邻居，就是那个邻居委婉地问我打算把这个耶利哥城的号角还要放在我这里多久……

如果"好样的"仅仅只是吼叫，还算不了什么，但是，不久以后，他简直成了全院的灾难：它开始无缘无故地尥蹶子，甚至龇牙咧嘴地向狗发动攻击。可恶，真是太可恶了！

我翻来覆去地想，想弄清楚，我们的驴子到底是中了什么邪。它的性格变坏了——这是明摆着的，但是为什么呢？是什么把它变坏的呢？我百思不得其解。

有一天，突然真相大白了。而且当时谁也没有料到这一点。

这一天，"好样的"特别生气，甚至到了午后它的心情还是没有一点儿好转。格鲁勃诺的一个菜园主突然来到我家。我称呼他为"无奇不有"，因为他每讲一句话，都要加上"无奇不有"这个口头禅，而且多数用得很不恰当。然而看起来他很喜欢"无奇不有"这个称呼。这个"无奇不有"是个爱胡闹的人，喜欢吓唬我们的动物。但他仅仅是开开玩笑，从来没有恶意。无论是对狗，还是对猫，就连对鸡也从来没有过恶意。

"我们知道，听到过！"我家的动物们似乎在一边说，一边故作大度地看着"无奇不有"。

这一次，"无奇不有"站在院子中央，啪啪地抽打着鞭子。

第一次鞭声过后，"好样的"身子猛地一抖，警觉地竖起耳朵；第二次鞭声响后——它迅速地围着院子中央的柱子走起滑稽可笑的碎步；第三声鞭响——它则转身360度，向回跑；而第四次鞭声过后，我们的"好样的"跳出了一些特别的花样来，以至于无论我和克里西娅，还是"无奇不有"和卡捷琳娜大婶都笑得前仰后合。

驴子先是踢腿、弹跳，再踢腿，先向后，再向前跳。这一切它都做得很认真，而且举止很傲慢。看起来十分滑稽可笑。

很显然，这是我们"好样的"在杂技团里的拿手节目。而且从它的表现看得出，观众总是捧腹大笑，笑它那弹跳的样子，因为驴子对我们的笑声不生气，一点儿也不。表演结束后，它以傲慢的目光看着我们，似乎是在说：

"这就是老经验！你们喜欢没有什么值得奇怪的。当然，你们这里的杂技场根本不值一提，不过行家哪里都是一样的！"

从那以后驴子的坏情绪消失得无影无踪了。而我的家里有了自己的杂技团！

所有的孩子——我前面已经对你们说过的，学校就在我家附近——只要脚腿够勤快，一过来就可以看到我的"好样的"灵活敏捷的表演。于是我只好买了一根鞭子，因为没有音乐驴子就不愿意跳舞。

也许在你们看来，驴子随时随地都会表演自己的戏法，所以根本不用向它发出邀请。那你们就大错特错了。它每天只表演三次：清晨、午后和傍晚。其他时间，无论你如何挥动鞭子——"好样的"连耳朵也不会动一下。

"请原谅！"它会生气地摇摇耳朵，"一切按时才好，真正的杂技演员只是在清晨排练，下午和傍晚演出。而现在请您让我保持安静。我知道自己的责任！"

你能拿它怎么办呢？

"好样的"与前来欣赏表演的孩子们都能友好相处。它甚至到街上去迎接他们，允许他们抚摸它，在它那毛茸茸的脑门上挠痒痒，甚至它还和克里西娅接吻。对啊，对啊，就是接吻！

而且它从来不带有任何利己的目的，所做的一切纯粹发自内心。

我和克里西娅经常坐在台阶上交谈，而每到这个时候"好样的"总是在花园里散步。

有一次，我们正聊着，突然，克里西娅跳了起来。到底是发生了什么事呢？原来是"好样的"偷偷靠近克里西娅，伸出自己柔软的双唇，像大象用长鼻子那样一下子抓住克里西娅的鬈发和耳朵，或者用它那柔软的嘴唇轻轻碰一下她的面颊，而它自己此刻则把耳朵贴向后脑勺，目不转睛地看着她。

"小家伙，我爱你！"当时它用那双善良的眼睛说。

多么温情的驴子啊！

当然，我们和它之间自然也不能避免发生不愉快的事情。

在饮食方面，驴子不像它们的近亲——马那样挑剔，只要是能嚼得碎的东西，我们的"好样的"都吃。它对旧扫帚的喜爱程度甚至丝毫不亚于对白菜叶的喜爱，对麦秸的喜爱程度不亚于对上等的燕麦的喜爱。对了，请你们相信，它从来不会碰菜园和花园里的任何东西。所以，用不着把它拴起来。它心里十分清楚：那一畦畦生长着的东西并不是为了它，所以它小心翼翼地啃吃着青草，而栽种的植物，它从来不去触碰。

可是，最终不愉快的事情还是发生了……

终究有一次它吃掉了一位女士放在我身旁长凳上的一顶草帽，而这顶草帽看起来非常时髦，而且女主人告诉我们说，这顶帽子特别适合于她！确切地说，是过去适合……

另一次，我们的"好样的"竟然移动大驾嚼坏了一副崭新的皮手套！

还有一次，在一个极其严肃的晚宴上，"好样的"弄翻了糖罐，把糖吃得精光，之后用舌头钩住了一个圆柱形的大甜面包，我们还没来得及叫出声来的时候，面包已经消失得无影无踪了。

能为此而对它大声指责吗？千万不要这样做！它一生气就跑，没跑几步就会大声吼叫起来。

而之前我已经对你们说过，驴子的叫声不像，应该是绝对不像夜莺的歌声。驴子的这种埋怨和责难是能够让人失去理智的！

一个偶然的机会，我们发现了我们"好样的"的另一项才能。我买了一辆小车，是两轮的，打算用作花园里的轻便马车。傍晚时分我收到了这辆车。当时"好样的"好像是一点儿也不感兴趣地看了看这件新家什。

之后小车就搁在院子里过夜，而驴子则去棚子里睡觉。

第二天清晨——我们还没有起床就听到一阵狂叫。

"好样的"叫声非常的大，就像是有人在活剥它的皮。

它飞快地跑进了院子里，站在车辕中间，大声地叫着，好像是要求给它套上车。

它气势汹汹，四蹄直踩。

"你们这算什么？终于有了一辆车，该行驶了，而你们却还在睡觉！"它仿佛是在对我们说。

我们迅速理好一副牲口套，给"好样的"套上。驴子一边奔向门外，一边回头张望——像是在确定究竟有没有人想到要跟着它出去。结果是卡捷琳娜跟在它的后面。

之后，"好样的"就像一支离弦的箭直奔市场而去。

只是它不愿意走在马路上面，尽量行进在路边。路的边缘雨后总是淤积着泥泞，很容易踩着，而马路上鹅卵石对它来说过于坚硬……那是因为"好样的"蹄子很小、很雅致、很娇弱。

从此以后，每天清晨"好样的"都和卡捷琳娜一起上市场。它甚至根本不需要驾驭，很快就认识了卡捷琳娜买东西的所有店铺。卡捷琳娜买东西的时候，它就自己等在门外。回来的时候，它总要先在我们屋子附近的拐弯处停一下，叫上几声：

"请开门，——我们回来了。"它这像是在宣告全城。

接着"好样的"就拉着车子飞快地跑进院子。

早晨经常如此。卡捷琳娜曾经想试试看在其他时间是不是也能出去买东西，但是，"好样的"皱着眉头看着她，耳朵动了一下。

"一次就够了，"它好像是在坚定地宣布，"记住，你的事是负责采购，而我的事就是把买好的东西运送回家。但是每天只能一次，别忘了！"

而且之后，它又是尥蹶子，又是使劲叫的，无论如何也不让别人套车。

"我不反对工作，"它说，"生活的全部意义在于劳动。但要在适当的时候。制度最重要，知道吗?"

能说我们的"好样的"偷懒吗? 绝对不能! 它固执吗? 也不是。只不过是它有自己的原则罢了，仅此而已。

人们说过驴子的很多坏话。大概在所有的动物中，人们让驴子受的委屈最多。要知道，人们称呼驴子什么? 其实用不着我向你们说明——你们自己也明白的，而且谈论这个话题并不让人愉快。

不过，凡是与真正的四条腿的驴子打过交道的人，都知道——它有一副温柔、可爱的嘴脸和一条乳牛般的小尾巴——它与被称为"驴子"的人之间没有一点儿共同之处。而且在这两个"驴子"中，我总是更喜欢我的"好样的"。

那你们是怎么想的，孩子们?

四、固执的小黑狗

我有一只猫，它毛茸茸的，那白白的绒毛，如同丝绸一般。它的亲祖母是一只纯正的安哥拉猫。我们为它取名为普夏。

这是一只很令人着迷的猫咪。它与我真诚地相处，而且交情深厚，这是在我的众多动物中很少见的。

它常常会在我写字台的灯下待上几个钟头，那是它在打盹。但是它会时而睁开眼睛——那是浅蓝色、像矢车菊的颜色——全神贯注地注视着我。然后站起身来，弓着腰，呈现出优美的马蹄状，再无拘无束地打着哈欠，甚至连它那玫瑰色的咽喉也显露在你的眼前。而且当它再次伏到灯下时，总是不会忘记对我说上几句关切的话。

"亲爱的，你每天晚上读书读得太多了!"它会用温和的语调责怪，并把自己毛茸茸的尾巴横放在已经打开的一页书上，或者是巧妙地伸出一只爪子阻挡住钢笔在纸上的移动。

"写得已经够多了，"它劝我，"该睡了。要知道一日之计在于晨！"

普夏有一点儿很怪。当然你们应该都知道，几乎每只公猫或母猫都善于在狭窄的屋檐上或者屋顶上行走。我说的是"几乎每只"，是因为普夏恰好不能做到这一点。因为它会感到头晕，而且会像一颗石头那样掉到地上。

毫无疑问，这个可怜的小生命并不明白为什么会这样。刚开始的时候我们也不知道我们的普夏为什么会一会儿从屋顶上掉下来，一会儿又从树上掉下来。而且摔得很重，不像其他猫似的用爪子着地，而是被摔伤了。然后就接连几个星期没有办法站立起来。

当我们发现真正的原因之后，就尽可能地不让它爬得太高，以免它再次摔伤。

那年五月之前一切都很好。还记得那一年丁香花开得特别灿烂。普夏也就是在这个时候有了自己的孩子：三只白色的毛茸茸的小家伙几乎长得一模一样，都有红红的爪子和像火柴一样长的小尾巴。小猫眼睛睁开之前，普夏一直一步也不离开它的住所——篮子。但是当小猫视力健全而且变得一点点活跃时，它就开始外出狩猎。于是有一次它爬上了白蜡树的顶端，然后就摔了下来。当时就去了另外一个世界，而且竟然是如此的不幸，以至于我们没有其他选择，只能把它埋葬于我家南墙边的一棵白玫瑰下……

我们的达克斯小黑狗穆哈出席了这次葬礼。它默默地闻了闻猫就离开了。谁也没有注意到它。应该说，穆哈是条非常任性的狗，尤其是当它有小崽子的时候，因此我们宁可不去干涉它的事务。更重要的是，这条小狗胸怀十分狭窄。它会无缘无故地哭叫着离开家门，显露出一副受了很大委屈的样子，而且似乎从此就一去不再复返了。但是，几小时后，穆哈又会出现在院子里，好像什么事情都没发生过。而且随便遇上什么人它都会首先扑过去。

有时候它比糖还甜，有时候又不知道为什么，会突然像黄蜂一样胡乱螫人。总之，它是一位任性的女士。

在埋葬了普夏之后，我们就开始考虑如何对待几个孤儿的问题。用奶头喂养？也许可以试试。反正试试是不算受罪，但是想想要用奶头喂养这么多小猫崽，我们的确不抱太大的希望。

可是，我们总不能让普夏的那么幼小的猫崽听天由命吧。于是我们来到了普夏的篮子所在的板棚。我们朝里一看……篮子里竟然是空的！连猫崽的气味也没了！

哎呀呀！不瞒你们说，我当时真的感到脸红。我自认为对可怜的普夏的孩子照顾得还是不错的——可是却还是让它们失踪了！真是没有想到……

不过还是得承认，我有个不祥的预感。我记得，不久前我曾经在院子里见到过对面的多勃曼狗——洛尔德。那是一条既贪吃又愚蠢的狗。我一点儿也不怀疑它一转眼工夫就能把不幸的猫崽吞掉。为了避免发生的意外，我们到处寻找猫崽，查遍了每个角落，劈柴甚至被一根一根地搬过。结果猫崽还是一点儿踪迹也没有。唉，怎么办呢？猫崽真的失踪了！我们甚至决定不再让洛尔德踏进我家的门槛。这是我们所能采取的全部措施，是吧？

过了一个星期，也许还要长一些。洛尔德突然出现在我家的院子里，而且直奔露台而去：在露台地板下的深龛里一个装钉子的旧箱子，穆哈就在那里建立了自己的育儿室。

穆哈迎向洛尔德，既不发出警告，也不吭声，就对着它的鼻子咬了一口。于是洛尔德像是被一阵风吹走了似的，立刻消失得无影无踪！而穆哈则是回过头去看了它一眼，再一眼，然后就神情庄重地迈开短短的四肢，晃晃悠悠地向露台下的箱子走去。

那里只不过是发出了一声尖叫。它又是抱怨，又是责备地叫了一通，之后又大哭了一场，然后就一面继续愤怒地叫喊，一面开始打扫育儿室。

这是经常发生的事情。它先是小心翼翼地把小家伙们一个一个地从箱子里叼出来，然后清理干草和破布，这些破布是它为了自己的孩子从各处一点一点地拖来当作床单和褟褓用的。

我看到穆哈拖出一个正在尖声哭叫的小崽子，它黑不溜秋的，像极了它的妈妈。接着拖出第二个。我们知道它有两个孩子。所以当穆哈第三次爬进箱子里去拖东西时，我感到很奇怪！它特别小心地又拖出来一个……那竟然是一只小猫咪！一只白色的小猫咪！小普夏！一个，两个，三个……竟然是整整一窝。原来，当我们几乎把这些孤儿全部忘掉时，穆哈却不但记住而且收养了它们。

"小穆哈，你真是一条非常可爱的小狗。"我一面说，一面向它靠拢。

而穆哈则侧面对着我，用身子挡住自己的孩子，同时向我投来不信任的目光。

"你想要干什么？我不喜欢别人干涉我的家事，知道吗？"它唠叨着，防御性地对我龇龇牙齿。"让我们各干各的事儿，谁也不打扰谁吧！"它嘟哝了一句，之后接着开始清理自己的床铺和收养的孩子。

从那以后，我们谁都不再去查看穆哈的箱子了。几天之后，穆哈家的全体成员都已经能自由自在地漫步在露台下，而且很和睦地喝着克里西娅带给小家伙们的牛奶。

有一天，穆哈把自己全家带到了地面上——到水边去散步。

也就是在这里，可爱的穆哈才惊奇地发现，它自己的孩子大大逊色于养子。黑蜥蜴——也就是穆哈的孩子们——不如其他小狗灵活。而猫崽，就更不用说了，你看这些小猫崽多么灵活，多么敏捷啊！

可是，穆哈并不太喜欢它们的猫作风。于是小普夏们还因为自己冒险举动——试图爬上井架——而受到了训斥。

穆哈警惕地关注着猫崽，像保护自己的眼珠一样保护它们并以自己的方式和想法对它们进行教育。小普夏们也长得像极了，它们甚至想汪汪汪地叫，于是它们与小穆哈一样，生来就会尖声哭叫，对着一切运动着的东西狂吠。你可以想象一下，当小猫对着随风飘扬的床单跳动并使劲叫唤时，那场面是多么有趣啊！

但是，正如天下没有不散的宴席。穆哈的达克斯小狗长大后也都各奔前程，当了佣人。小普夏们也找到了自己的新主人。我们只留下了一只毛茸茸的白猫，它长得像极了它的妈妈。不过，它已经过着猫本来的生活。它可以自由自在地漫步在屋顶和树梢上，因为它没有继承妈妈的头晕病。

它经常会连续几周消失得无影无踪。但是，一回到家，它就睡到穆哈曾经住过的装钉子的旧箱子里去。穆哈老了，但依然很可爱，还是有些任性，不过这也没有什么很大的影响，不是吗？

五、白蜡树上的大学

我们屋前有一座围着栅栏的小花园。从街上进去靠右边长着一棵大椴树，它长得枝繁叶茂。它的四周放着几条长凳和一张桌子。夏天，我们就在那里吃午茶。但是，一旦偶然吃茶消遣需要拖延时间，那么，不管你愿意还是不愿意，在太阳落山之前都必须离开那棵椴树。为什么呢？那是因为这棵椴树上有麻雀过夜。而且是黑压压的一堆麻雀！那整个是一个麻雀的世界！整棵树——从树梢到最下面的树枝——都挤满了麻雀。每天临睡之前它们都要吵吵嚷嚷地商量事情，那声音很大，所以我们根本无法交谈。

麻雀的这种集会驱散了这棵椴树上其他的鸟类。我甚至不记得有哪一个长羽毛的大胆者敢冒险停留在这棵被麻雀们选中的椴树上。至于在那里筑巢，就更谈不上了！除了乌鸦飞经这里的时候偶尔会落在椴树梢上歇歇脚。但是只要它看一看四周，就会带着不祥的预感叫上几声——随即消失得无影无踪。

而与此截然不同的是，在露台附近的白蜡树上春天往往挤满了前来做客的候鸟。它们甚至在那里留宿。也许是因为那里无人干扰——不知为什么，麻雀不喜欢这些白蜡树，所以从来不在那里聚会。

真是没有道理。麻雀所蔑视的白蜡树上不仅可以住宿，而且不必担心任何强盗。每棵白蜡树干上都包着一圈很宽的白铁皮，看上去很炫眼。这是为什么呢？其实这是为了能使我们的猫咪伊姆卡和它的某些密友打消爬树的念头：因为很显然，在那里可以很容易地猎获食物。白蜡树的树杈上安放着几个椋鸟巢，每年春天，鸟纷纷飞回，有意在我们这里落户的一对椋鸟毫不犹豫地留了下来，而且每年春天椋鸟巢里都会增加新成员。

椋鸟迈出生活的第一步往往都是一样的。就在椋鸟巢的旁边长着一根大树枝，几乎成水平状。椋鸟爸爸先是跳上这根树枝，沿着它来回走动，然后开始原地踏步，嘴里不停地说着什么。而这个时候椋鸟巢的圆形洞口里会不时探出这个或那个有喙的小脑袋，喙的边缘呈现出乳黄色——这是它的拥有者童年时代不可争辩的特征。然后椋鸟小伙子们一个一个地走到外面，停留在固定于门旁的一根木棒上。椋鸟爸爸开始给它们讲解、论证，以打消它们的顾虑。最后，先是一只最勇敢的小椋鸟一面叫喊，一面抖动着小翅膀跳到树枝上去。

想必它也有些害怕，要不然它为什么要叫喊和颤抖呢？

但是，从这根树枝上可以看到多少新奇的、神秘不解的、有趣的东西啊！而这仅仅是个开端。因为椋鸟爸爸很快就从这根树枝跳到另一根，再从另一根跳到第三根，小椋鸟追随着它一直跳到了白蜡树的顶端。

椋鸟巢里又挤又闷的小房间与白蜡树顶上观察到的又大又光明的世界——这两者是不能相提并论的！难怪小椋鸟们要如此大声地喧哗。它们叽叽喳喳地发出愉快的叫声，一直叫到嗓音嘶哑。

其实，又何必向它们兴师问罪呢？要知道，我们身边往往也有这样的孩子：当他们在春天的第一个风和日丽的日子里自由自在地在花园里尽情奔跑时，他们竟然也会喊哑了嗓子。至少我能叫出其中一个小姑娘的名字，她叫克里西娅。至于其他人的名字我就不提啦。所以我想，你们不费吹灰之力就能在你们的熟人中找到这些"嗓音嘶哑的人"。

在小椋鸟们迈出生活的第一步后，椋鸟爸爸就开始教授它们最重要的课程——飞行科学。小椋鸟们先是在家乡的白蜡树上学习，从一个枝头飞到另一个枝头。然后，椋鸟爸爸就给自己的学生规定了更难飞上的建筑物。最后提出一项任务：飞到我家的屋顶上去。随后训练活动也移到了那里进行。椋鸟全家都待在那里。父亲给青年人讲解一些问题，给它们解释、示范，有时还会用喙啄啄某个不注意听讲，东张西望看热闹，或者不好好完成作业，把父亲的话当做耳旁风的贪玩的孩子。这样一来，这个孩子的起飞时间就要比预定时间推迟一些。

一周后……应该说，经过一周学习之后，小椋鸟已经飞得很好了，于是我们赶忙在花园里的晚樱桃树上系上亚麻布条，挂上稻草人，要不然的话，这些勤奋的学生就会连一枚樱桃也不留给我们。

如此，年复一年。在观察椋鸟的过程中，我渐渐确信，老鸟不仅仅是教自己的孩子们学习飞行，而且除此之外也许还会教授它们椋鸟所需要的其他一些鸟科学，但是因为我是人，所以这种猜测是否正确无法得知。

然而，有一次，时值盛夏，天气晴朗、酷热，我听到有只鸟在啼啭，那声音活像一只夜莺。

"错觉，一定是错觉。"我想。

众所周知，连谚语也说："神圣的维特来了——夜莺沉默了"，换句话说，六月初夜莺就已经停止歌唱了，更何况夜莺一般是在夜间才唱歌的。

可是当时外面还是白天，而且六月早就过去了。

"不，这不可能，"我想，"这一定是我的幻觉。"

虽说如此，我仍然留意倾听着，以备万一。于是我接着又听到了呖呖的啼啭声，到底是什么东西在唱歌呢——也许并不完全像夜莺，但至少声音很像。

我向四周张望了一下，却没发现任何一只夜莺，只有在椋鸟巢前那熟悉的大树枝上并排站着的几只小椋鸟，而就在它们正对面的另一根树枝上停着一只老椋鸟。

我的天哪，原来就是它在发出夜莺般的啼啭，而小鸟们则是在竭力模仿！

我感到十分惊讶和赞叹。我瞬间明白了，这一次呈现在我面前的并不是一所仅仅教教孩子们懂礼貌或者学会用手帕揩鼻子的椋鸟幼儿园。这是一所学校，一所真正的学校！要知道，老椋鸟可是在教孩子们学外语。这可能和有人教你们学德语或法语没有什么区别。它在教孩子们学习"夜莺语"。夜莺语教学结束后，就要开始学习用黄莺语、鸫语等来讲话。

我这时才明白，为什么我们一讲到机智敏锐的人就说给他"吃过椋鸟"。我亲爱的朋友，椋鸟，这对你们来说可不是普普通通的鸟，而是椋鸟！这可是世界上最聪明的鸟。你们能说得出还有什么别的鸟会想到教自己的孩子学外语吗？

记得有一次，我信步来到了一个小树林。突然听到有人在吹奏我很熟悉的一首短曲。我记得克里西娅有这首曲子的唱片。她很喜欢这首曲子，已经放过不知道多少遍了。我想看看是谁在吹奏，可是周围一个人也没有。我抬头向上看去——发现枝头上站着一只小椋鸟，它正尽情地吹奏那熟悉的旋律。只是没有吹完，唱到一半的时候，它就会突然中断，然后又从头开始重复吹奏。

我确信，它是在我的白蜡树上的学校里受过教育的椋鸟之一，对，就在那椋鸟学校里！

其实，坦白告诉您吧，我为我的白蜡树上有一所真正的鸟类大学而感到自豪，您可一定要保守秘密啊！

六、黑公鸡

唉！谁能想到在一天之内——看我说什么啦，是一小时之内——我们院子里的秩序竟然全都乱了套。这是因谁而起的呢？一只公鸡，一只普通的公鸡！

是啊，这完全出乎我们大家的意料。

但事实终究是事实。

事情是这样的，有一次我到集市上去，这是个赶集的日子。但是，其实说实话，我并没有打算买任何东西的，不过是想看看人们把什么东西运往集市。

我在各家店铺闲逛：东看看西摸摸，和商人们侃侃大山。

突然，我意外地遇上了一位又矮又壮的女士。她头上戴着一顶煎饼似的扁平小帽，腋下夹着一只黑色的公鸡。那只公鸡身材高大，如同是良种公火鸡，眼睛血红血红的。它深深地看了我一眼，可以说，那目光中甚至透出灵气。这种目光使我瞬间产生了爱恋之情。我小心翼翼地拍了拍公鸡的脖子。而它——竟然突然啄了一下我的手。

"买下这只公鸡吧!"戴着煎饼帽的女士向我推销道。

我推辞说,家里已经有了一只公鸡,用不着再买一只。

那位女士假装没听到我说了什么,就开始对自己的公鸡百般夸奖,甚至把它一直凑到我的眼前,吹开它的羽毛,向我展示它有多么肥壮…

不得不承认,这位大婶真是伶牙俐齿,能说会道。

而且她确实是个行家!

还没等我转过身去,公鸡就已经到了我的腋下。

我抱着公鸡回家,一路上跑得上气接不上下气,因为我买下的东西在发疯似的拼命挣扎。它用翅膀拍打我,而且用喙啄我,又是大声鸣叫,又是咕哒咕哒地乱喊,一路上人们纷纷停下脚步,向我看过来。

最后,我终于把它拖到了我家的便门口,把它放进院子里。

黑公鸡鼓动两个翅膀,"喔喔"地叫了一声。它嗓音很洪亮——真是个高音喇叭。它再唱一遍,然后用一只脚稍稍抓地一下,又一下,接着就摆着架子,不慌不忙地在院子里踱起方步来。它那异常优美、五彩缤纷的尾羽弯至地面,随着它的身体缓缓前移。

黑公鸡在院子中央站定,再次挥动翅膀,环顾四周,简短地叫道:"看看我!"——它就是以这种方式发布了一则公告:从今天起它开始掌权。

而它掌权的一切行动从我们的公鸡别利亚什开始。还没等我叫出声来,它已经躺倒在地上了。黑公鸡站在它身上对它进行开导。它跳下来以后又去整治公鸭,把那个可怜的家伙打得几乎不能动弹。这时母猫伊姆卡突然出现,公鸡就接着向它扑去。猫拔腿就逃,而公鸡则紧追不舍。它们就在院子中疾驰。伊姆卡跳上围墙,公鸡也跟上跳上围墙。伊姆卡跳上棚顶,公鸡也紧接着飞到棚上。母猫后来好不容易挤进一条很窄的板缝。公鸡无奈地看了看那条缝隙,像公火鸡一样气呼呼地嘟哝道:

"记住,我才是这里的主宰!"然后就跳下了棚屋。

一转眼的工夫,狐狗恰帕和大个子看家犬图皮都躲进了狗窝,只是偶尔从那里露出一只吓得发白的眼睛。

可爱的公鸡看看全院——空空如也,仿佛被人刚扫过一样地一干二净——于是就第三次挥动翅膀。在三声鸣叫过后，它就直接朝我奔来。

"你是什么人？"它问道，同时用它那红色的眼珠不信任地望着我。

紧接着，它一下子就跳到了我的头上……

坦白地说，我很惭愧，但是我逃进屋里总比我的图皮逃入自己的窝里要强些吧。

从那天开始之后的整整两周，我们每个人都得头上撑着旧伞才敢到到院子里去。有一次卡捷琳娜竟然忽视了这一预防措施，结果是她不得不在洗衣房里呆了整整一小时，而"罪魁祸首"黑公鸡——我们称它为"强盗"——则在洗衣房前面迈着匀整的脚步像哨兵一样踱来踱去。一点儿要离开的意思都没有。可怜的卡捷琳娜最后只好把放内衣的篮子套在头上，之后戴着这顶"头盔"飞快地跑进了厨房。

让外人到我们院子里来，更是连想都不要想。于是我处理所有的事情都尽可能地在街上或者在花园里，反正是尽可能地远离宅院。因为"强盗"一旦听到不熟悉的嗓音，就会跳上墙头。更何况我们始终无法预测它会在何时，向谁发起进攻。

它一刻也不让我们省心安宁，真是个强盗！

卡捷琳娜开始渐渐提起煮鸡粥的事，而且态度越来越坚决。说实话，我并不感到十分的诧异。根据她的建议，"强盗"最适合的位置应该是在鸡粥里。我并不否认，我怜悯这只公鸡，但是如果因为它的存在，住在自己的家里还都永远要提心吊胆——这也不是什么令人高兴的事。因此，我打算顺从它不可避免的命运……

可是，接下来，发生了这样一件事：艾季特卡到我们家来。艾季特卡是鞋匠梅日夫的女儿，我们家许多人的鞋都是她爸爸做的。

我很喜欢这个艾季特卡。她有一张苹果似的圆脸，面颊上有一对可爱的小酒窝，一双笑眯眯的眼睛是深棕色的。她活泼开朗，像极了一只红额金翅雀。

令我想不到的是，当我发现艾季特卡的时候，她已经站在庭院中央了。而"强盗"正好在那里把一群母鸡带向饮水处，其中包括可怜的别利亚什——我们这个已经被推翻的前母鸡首领，别利亚什慢腾腾地跟在母鸡群的最后面，看上去恭顺又胆怯，像是一只饱受摧残的母鸡……

"艾季特卡，小心公鸡！"我隔着窗子大声叫道。

而我自己则以最快的速度拿起一把伞，边走边打开，飞快地奔去迎救艾季特卡。

我抬头一看，"强盗"已经按自己的习惯鼓动一下翅膀，"喔喔"地啼叫一声，大步流星地冲向女孩。我吓呆了，心想，说不定还没等我赶到，"强盗"就已啄伤了艾季特卡的眼睛。

"艾季特卡，跑啊！"我喊道。

而让我吃惊的是，艾季特卡不但没跑，反而是很沉着地蹲下身子来。她看着公鸡，放声大笑。她的笑声响亮清脆，像银铃一般，那笑声是那么富有感染力，以至于你会不由自主地也跟着她一起笑起来。

等我赶到时，发现公鸡已经在艾季特卡面前站定。它先是用一只血红的眼睛瞅了瞅她，后来又换了一只眼睛，接着突然"喔喔喔"叫起来。

但是这叫声并没有一点儿威胁之意，确切地说是饱含着惊奇。然后"强盗"又发出低沉的"咕哒"声，那声音仿佛是有人把一只空的大圆桶放在桥面上滚动，接着"强盗"又仔细研究这个小姑娘。而艾季特卡则把一些面包捻碎——她手中有一大片面包——再手心向上把手伸向公鸡。"强盗"对她瞠目而视，看了看她伸出的手，最后终于啄了一下她手掌中的面包屑，一口，两口，三口……

想必我的样子看起来一定很愚蠢，因为艾季特卡向我看了一眼，之后就哈哈大笑起来。

"无论什么动物，我都不怕，"她说，"害怕——最不好。如果你不怕，最凶猛的野兽也不会碰你的！过来，'强盗'，我再给你一些面包。"她对此时已经向母鸡群走去的公鸡说。

这样的话，您还能说什么呢？

"强盗"不但听从艾季特卡的呼唤，而且允许她抚摸自己的羽毛。

我奔回屋子里，抓了一把米，在艾季特卡的身边蹲下，向"强盗"伸出手去，直到它大发慈悲，啄完米粒为止。不过，也就是从那一刻开始我和它就建立起相当好的关系。就连卡捷琳娜也和"强盗"言归于好。

自然，从此以后我们屋里再也不谈论鸡粥的事了。

但是，你可千万别以为"强盗"爱上了我们。唉，其实它只不过是允许我们居住，对我们采取容忍的态度，但是仅此而已。它和以前一样，在院子里胡作非为，横行霸道，不让外人踏入院子里，但是仅仅对艾季特卡一个人例外。

它爱她，并且等待她。有时候一连几个傍晚，它已经疲倦到前俯后仰、鼻子碰地的程度，但是只要听到"红额金翅雀"那响亮的笑声，它就会立刻用它那嘶哑的嗓子"喔喔喔"地叫起来，并且以最快的迅速奔向便门，有时候甚至会跑到街上，以便尽快见到自己的小朋友。我认为，它爱她、敬她是因为她的勇敢。不管怎么说，"强盗"是一只具有侠义心肠的公鸡，而且很珍惜勇气。

你们大概已经猜到后来的结局了，我最终把"强盗"送给了艾季特卡。它在新的地方表现如何，我不得而知。我只知道，它有时还会惠顾我们，很显然它并不决定完全放任我们于不顾。

它总是会突然出现，啼叫一阵之后就开始整顿秩序。这种活动会一直持续到艾季特卡来找它为止。每到这个时候，它就会立刻沉默下来并且听命于她。

小艾季特卡可以尽可能地对"强盗"施加影响。

是啊，有谁能不服从于如此勇敢的小姑娘呢？她能够在面对危险时以笑脸相迎，笑声清脆响亮，犹如银铃……

七、库比亚克先生

还记得当初，我认为我已经完全长大了，尽管我家莫妮卡的花围裙还是可以把我的全身遮住——从肩膀到脚跟。于是披着这件庄严的"法衣"，我做起祈祷仪式，一边唱，一边摇着妈妈的一串钥匙。另外我又拿起一只用三根线缚起来的断柄旧杯托在长凳前摇炉散香，除此之外，凳子上还放着一个贴着金纸的糖果盒。

还记得那年，春季来临，那是个阳光普照、百草发芽的时候，就在这个美丽的季节库比亚克来到了我们家中。他被安置在了凉台上，并且他在那里把腐烂的地板换上黄灿灿的散发着树脂香气的新木板。

库比亚克先生是个多才多艺的人。他可以不费吹灰之力就制服了那口挂在餐厅里的顽固的拒不报时的时钟。明天又给莫妮卡的便鞋打上掌子，箍几只装白菜的木桶或者给苹果树嫁接。最重要的是，他会用小刀削军刀，而且削得像极了，看起来简直可以以假乱真。

也多亏了库比亚克先生削的这些军刀，我才毫不犹豫地背弃了宗教仪式，成为一名叛逆者。我之所以能够轻而易举地获得成功，是因为库比亚克先生本人曾经参加过起义。而且他很乐意叙述起义时的情景，他讲的是那么引人入胜，以至于听到的人仿佛在和他一起穿过丛林，勇敢地袭击敌人的后方，尽管胜利无望，但还是准备与敌人战斗，直到流尽最后一滴血……

在自己的故事中，库比亚克先生并不算是一位英雄。他是一名士兵——仅此而已。他经历过的一切，在他看来竟然是那么的简单明了，就像是腐烂的地板需要换上新的一样。连他身上的那许多的伤痕，他都认为完全是战争带来的自然而且不可避免的后果。他总是乐呵呵的——他笑迎太阳、笑迎天空、笑迎树林、笑迎一切有生命的东西，笑迎生活本身。

"你瞧，亚努舍克，世界是多么美好啊，"他经常对我说，"能够活在世上多好啊！"

他还会与那些在凉台上筑巢的燕子进行亲切的交谈，也会责备火鸡无缘无故地绷着脸，爱摆架子。库比亚克先生把自己当做是动物中的一分子。他甚至知道在泥泞中跌跌撞撞的鸭子在想些什么。他看到老猎犬雷克夏睡觉时做深呼吸、轻轻地蹬蹬爪子，就可以知道它梦见了什么。他也知道为什么公鸡在院子里见人就攻击，他还能猜出经常待在丁香树丛中痛苦流泪的大看家犬"忠诚"在叫唤些什么。他能用亲切的话语来安慰并减轻失去牛犊的母牛"马太卡"的痛苦。是啊，库比亚克先生多么了解动物的内心世界啊！他了解动物，就像人们了解经常见面的人。

后来，库比亚克先生走了，刚开始的那段日子，仿佛太阳失去了光彩，青草也不再那样翠绿。听不到他那欢声笑语的世界黯然失色，变成了一个陌生的、不需要的、空洞无物的世界。

据说是因为库比亚克先生病了。但是从那以后我再也没见到过他……

长大之后，我到过曾经为他送葬的地方去拜访库比亚克先生。后来，我在一座小山上的一块沉寂的墓地里找到了那个已经被人遗忘了的坟墓。在那个杂草丛生的小丘上，一只赤胸朱顶雀正在发出嘹亮的叫声。毫无疑问，它到这里来是用自己的语言——库比亚克先生当然听得懂——对他说：世界是美好的，而且活在世上很值得，当然需要以愉快的心情去履行自己作为一名士兵应尽的平凡而神圣的职责。

不，他没有被遗忘，库比亚克先生从来没有被遗忘！

我亲爱的朋友们，当我对你们讲动物的故事时，我总是想尽量讲得像库比亚克先生那样。

可惜我不能问库比亚克先生本人，他是否喜欢这样……

我不知道，而且很遗憾我不能问库比亚克先生的生卒时间，亲爱的孩子们，如果你们在读我的书的时候，能够学会把动物看做是既可爱又可敬的生命，那么我相信库比亚克先生会很高兴的。活在世上是一件多么美好的事儿啊！哪怕是你只需要履行人类最简单的职责。

但愿孩子们也能胸怀宽广一些。

"就是啊，让孩子们的胸怀宽广一些吧，至少能留一个位置给那些与人类同甘共苦的动物……"

八、驯服人的麻雀

一切都起源于年轻的麻雀不想飞行。它们说，飞去田里真的是太远了。

聪明的老麻雀的劝说对他们不起作用：

"和我们一起飞到田里去！昨天人们刚刚割完黑麦，而且把它们运进谷仓。在收割过的庄稼地里，麦粒随处可见！只要弯弯腰，要啄多少就有多少！甚至都不用寻找。唧唧唧！"

"还说呐！没必要飞那么远！我们为什么要这样做？让慈鸟和椋鸟去吧。在割过的庄稼地里闲逛是它们的事！唧唧唧！"年轻的麻雀不约而同地说。

"你们难道不知道有人在院子里四处走动吗？他的腋下不是有根火棍吗？他吹一下火棍，那么逃跑就迟了，知道吗？唧唧！……"

"哈，哈，哈！"年轻的麻雀笑着说，"拿火棍的人？唧唧唧！拿火棍的人？谁看见过？哈，哈，哈！"

"我亲爱的妻子普啰唆叶什卡就是因为这种火棍而死的！"一只老麻雀尖声哭叫道。

"哈，哈，哈！唧，唧，唧！"年轻的麻雀嘲笑道，"这老头编的故事真荒诞啊！哈，哈，哈！火棍！简直是年老昏花。"

"唧，唧，唧！"

一只年轻麻雀跳到举行会议的白杨树的树枝顶端，高谈阔论着：

"你们何必要用没有人见过的火棍来吓唬我们！至于鹰，则另当别论！我亲自看到过一只鹰在田野上空盘旋。鹰能把我们全都从你们夸奖的茬地上拖走！"

"唧，唧，唧！"年轻的麻雀们一哄而起，这意味着它们完全赞同讲演者的话。

"田野是灰色，麻雀也是灰色——鹰很难从远处发现它！"老麻雀们劝说道。

有一只老麻雀——可以说是一只糠秕无法骗的，不易上当的老麻雀——摇了摇小尾巴，只剩下两根羽毛在上面，各处一旁，然后唧唧唧地叫道：

"田野里难道没有灌木丛？田埂上不是有梨树吗？难道不可以躲起来？"

但是只要试一试，它们就会明白啦！年老的、年轻的，各执己见。这样争吵了一个多小时。白杨树上叽叽喳喳的叫声又嘈杂又喧哗，使得过路人塞着耳朵走路。

麻雀们一直吵，直到嗓音嘶哑才停，大家都已发不出声音来了。

人人都等待最老的麻雀发话。它一直无精打采地在最高的树枝上待着，一言不发。

"那就各行其是吧，"终于，它用低沉的声音说道，"年轻人不干些蠢事，就不可能变聪明。啊！我的话说完了！散会。"

黎明时分，老麻雀们向茌地飞去，而年轻的麻雀都飞进仓库。

老麻雀从田里回来的时候，太阳已经偏西了。它们一看，白杨树上站满了年轻的麻雀。而那尖叫声，那叽叽喳喳的叫喊声，使得老麻雀一下子就猜出：有不幸的事发生了。

它们问发生了什么事，如何发生的。

年轻的麻雀叫道：

"这是强盗行为！是谋杀！暴行！前所未闻的罪行！唧，唧，唧！"

就让我们先来叙述一下吧：它们刚刚潜入仓库，到了晒谷场，那里正把谷子从袋中倒入粮囤。它们刚想美美地吃上一顿，突然，乒！啪！砰！完了！

"我们的人至少有一打都倒在那里！"

"我们难道没警告过你们？唧，唧，唧！"老麻雀回答。

喧嚣声四起，犹如许多玻璃瞬间被打得粉碎。突然，一只年轻的麻雀——年纪虽小可心计多——叫了一声：

"嘘！"

等稍微安静之后，它才开始说话：

"前不久发生的悲惨事件，迫使我们采取新的措施。对于这个问题，由同行亚奇梅涅克来说说。"

这时，出来了一只小麻雀。它结结巴巴地讲了起来：会前，它们与一只鹳交谈过，它的巢恰巧在仓库的旁边，在库拉夏的小农舍上，它跟它们说，明天早晨它将率领妻儿飞到温暖的国家去，那里去多少都可以。

"我们问它，这些温暖的国家里有没有人。它说，整个冬天都看不见人。"

"什么？什么？"老麻雀追问道。

"我们再也不想生活在有嗜血成性的人居住的国家里了！打倒人类！打倒！打倒！打倒！"年轻的麻雀叫喊着。

它们气愤极了，又哭，又叫，又吵，又闹，声音惊醒了住在钟楼上的老猫头鹰。它的一只眼睛睁开了，动了动耳朵，生气地嘟哝着：

"这么愚蠢的麻雀，为什么要活在世界上？难道是为了让猫头鹰没办法入睡？"

老麻雀们一声不发，只是面面相觑。一只尾部被拔掉羽毛的老麻雀本来想对年轻麻雀们说些什么，但是，老麻雀张开嘴咳了一声，叹了一口气说：

"各行其是吧！唧，唧，唧！只有亲自把自己的愚蠢行为确认后，才会变得聪明。"

凌晨，年轻的麻雀都集中在草地上：鹳群在那里准备起飞。经过很久的协商，它们终于把自己的领队选了出来，排成两行。领队在最前面站着，它喊道：

"注意！出发！"

于是这群鹳排成一个巨大的三角形，在天空中翱翔。

小麻雀们跟在鹳身后，不停地扇动着小翅膀。它们怎么可能赶上鹳群！鹳在草地上空盘旋时，倒是还可以。但是，鹳群在村子的上空环飞，进行告别的仪式时，就已经钻入高空，达到了望尘莫及的高度。这时麻雀们都无法坚持了。它们只听到鹳在高空发出的叫声："明年春天见！再见，亲爱的小村庄！"小麻雀们像小雨点似的，一个接一个的迅速向下飘去……

只有快临近地面上空时，小麻雀们才想尽办法，勉强使自己的身体保持平衡，以免在干燥的地面上摔得粉身碎骨。

这些年轻的麻雀在一处田野上散落着。碰巧这里就是老麻雀们拣谷粒的地方。小麻雀又累又饿，所以刚回过神来，就贪婪地吃起来。

老麻雀问：

"从温暖的国家回来啦？唧，唧，唧！"

但是年轻的麻雀一声不吭，只是在啄着谷粒。

尾毛被拔掉的老麻雀说："你们知道吗？只有不遗余力地进行劳动的人，才能使田里长出庄稼。唧，唧，唧！"

年轻的麻雀们沉默着，一言不发。只有喙在不停地闪动——这是它们在忙着吃东西。当它们吃了一些东西，恢复了精力之后，才回答说：

"庄稼是自己长出来的！"

"你整个春天和半个夏天都在窝里待着，你能知道什么？"

无尾麻雀说，"你看看，一个人要干多少活才能使这些稻谷成熟！而你却肆无忌惮地啄食！唧，唧，唧！"

年轻的麻雀避而不答。

从此以后，在白杨树召开的晚会上，再也不谈飞往温暖国家的事。而谈得较多的，是粮食已被运往磨坊，在那里往往可以发现一些吃的。还谈到，是否能在花园里找——那里有李树或梨树。

听完演说者的话后，年轻的麻雀也没提出反对意见。

一只老麻雀说，只要不在人的面前偷东西，并能够及时躲到篱笆或树上去，就能与人和睦相处，就连这个时候还是一片安宁与寂静。

突然，一阵骚动无缘无故地发生了！

老麻雀们刚飞回白杨树，就得到年轻的麻雀的通知：明天飞进森林。

听它们说，它们现在已经决定搬进森林，并在那里吃森林里的果子，至少能吃蚊子。

"为什么？为什么？唧，唧，唧！"老麻雀感到莫名其妙。

"可以与人生活在一起，"在年轻的麻雀中，一只起带头作用的活泼的小麻雀叫道，"但是，现在田里和菜园里都出现了可怕的家伙。它们的躯干是竿子做的，头戴旧帽子，手指是稻草做的。我们从乌鸦那里打听到，森林里不存在这种怪物。飞去森林里！"

"去森林！去森林！去森林！"年轻麻雀全都在拼命叫喊。

他们又大吵大闹起来，吵得老猫头鹰从钟楼里探出头来叫道：

"安静！嘘！怎么了？咕咕！只要你们有人落在我的手里，我就让它永远记住我！"

当老麻雀们问麻雀首领对这个问题的看法时，它什么也没说，而是一直飞向顶层，那里有它舒适的套房。

随着第一缕阳光的出现，年轻的麻雀们就动身向森林飞去。只见在松树顶上，一群欧斑鸠在那里盘旋。麻雀们问：

"你们这里出什么事了？"

"我们喜爱的食物马上要没了，"一只斑鸠回答道，"天气马上就要变坏。在严寒季节里，就不能咕咕咕地叫了。我们就得飞走！对欧斑鸠来说，故乡就是所有东西都很充足而且很温暖的地方！"

"我们就要向温暖的国家飞去！"其他的斑鸠也都叫起来，"打算和我们一起飞吗？"

"不，谢谢！"小麻雀们说，"这不适合我们，我们留在森林里。"

"这里有银鼠！当心银鼠！"欧斑鸠叮嘱了一声，就再也没说什么了，因为它们的时间已经没有了。

年轻的领队发现刺柏上有果子。它跟自己人说了这个情况。麻雀们把刺柏团团围住，不停地啄着果子。它们感到喙在抽搐——后来甚至觉得恶心！然而它们还是一边吃一边赞不绝口。它们怎么会承认，它们的五脏六腑翻江倒海，正是因为这些林中果子，因为这种极其美味的食品而引起的！

突然——一声尖叫！第一只，第二只，第三只小麻雀尖叫起来。

"噢哟，把我们放了吧！来人呀，救命啊！"

麻雀都向天空飞去——一下子都逃跑了。它们飞到了菜园里。大家一看，简直都不敢相信自己的眼睛。就在它们避开的那些怪物身上，站满了老麻雀。它们正在用自己的嘴梳理着翅膀上的羽毛，好像什么也没有发生过。

那只无尾老麻雀问道：

"怎么样，从森林里回来啦？喜欢果子吗？唧，唧，唧！看来它们不是对所有人都有好处，唧，唧，唧！"

年轻的麻雀们无话可说。它们再也不飞进森林了。

有一次，麻雀们飞进了磨坊，去吃散落在地上的谷粒，一样东西把它们惊飞了，于是，他们就飞进磨坊主的花园里，躲藏起来。这座花园里长着一棵老白蜡树。树上有一个椋鸟巢：就是在那座钉在树上的小木屋里。在椋鸟巢前的小木条上，一只椋鸟站在那里。它转动着尾巴，接着就照例转过身去。发现麻雀后，它就唱起来：

"小黄雀……你想在哪里……小黄雀……你想在哪里……"

尽管它竭尽全力偷听过人们唱歌，但它无法学会整首歌曲。

"自命不凡！大概认为像人！像，又怎么样！"一只胆大妄为的小麻雀唧唧唧地叫道。

"这样潮湿的气候会伤害我！我有一副好嗓子，你们知道吗？我怕把自己美妙的嗓音失去了。对我们圈子里的鸟来说，能居住在这个国家里，一般都具有我这样的才能……我马上要离去！去意大利！啊，意大利！……也许在春天回来。请照看我的房子。黄雀……你想在哪里……嗯！没错——嗓子已经哑了。再见！"它叫了一声，然后就振翅起飞——很快就不见了。

"随你飞去哪里，打扮得花枝招展的小丑！但是我们就留在这里！"麻雀们看着它说。

而无尾麻雀则唧唧唧地叫道：

"当你回来的时候，就会有两三个体面的麻雀家庭出现在你的屋里。"

当天傍晚，无尾麻雀在集会上问年轻的麻雀：

"怎么样，还想离开故土吗？"

"再也不了！我们生活在这里，死在这里！"年轻的麻雀异口同声地回答。

而有只麻雀叫道：

"与人能够和睦相处！"

"甚至可以驯服他！"无尾麻雀喃喃地说了一句，同时用一只眼瞟了一下麻雀长老。

但是这一次，麻雀首领还是一声不吭地宣布立即散会，因为雨下得太大了。而老头有风湿病，赶上坏天气，它就会感到右翅膀酸痛。只是在去顶楼的途中，它对无尾麻雀小声说：

"孩子们变聪明了！正派的麻雀已成熟，唧，唧，唧！"

"而我们什么时候介绍给它们听话的人？"无尾麻雀问。

"等时间到的时候，唧！"老头把它制止说，"噢哟，这风湿病让我吃尽了苦头！"它呻吟着，向塞满稻草的顶楼里扎去。

第二天还在下雨。

第三天大雨倾盆。接着天天如此。白杨树上的会议越来越伤感。大家在抱怨、哭泣，吱吱地乱叫。没办法取得建议，没办法得到援助！因为麻雀首领不露面——始终待在自己的顶楼里。只有无尾麻雀经常飞去它那里，向它通报会上谈到的情况。

"如果寒冷、潮湿、荒凉、挨饿继续下去，我们大家都会没命了，"它劝说首领，"别推迟啦！"

长老一边听，一边不断点头，埋怨风湿病。然而它既不提建议，也不下命令。

有一天早晨，突然太阳出来啦！晴朗的天空，万里无云。麻雀长老召见无尾麻雀。

它说："集合！马上动身！"

无尾雀费了很长时间才把麻雀群召集起来。它要不劝说，要不催促，最后终于起飞。首领在最前面飞。它们飞啊，飞啊。飞了一会，就在秋播作物的幼苗上或灌木丛中歇息。都明白，麻雀不是善飞者：扇动几下翅膀，就得休息一会儿。在每一个休息处都要举行一次会议。大家都想知道，它们飞去哪里了，而麻雀首领仿佛不知道周围发生的事。它一言不发，只是梳理自己病翅上的羽毛，不时地对无尾麻雀低声说：

"你去催催年轻人！在傍晚前，我们要赶到那里。你知道，我们还需要飞行很长时间。"

启程，继续飞行，再次降落在灌木丛中，谈论片刻，又重新上路。

到了中午，阳光越照越热。麻雀们已经疲惫不堪，翅膀只能勉强振动。而麻雀首领却不停地赶啊，赶啊，催啊，催啊。

因此，在最后一次，歇着的麻雀们起来造反了，这就不足为奇了。这事发生在中途的一座花园里，在一间紧挨路边的白色小屋的旁边。

"我们待在这里不走啦！唧，唧，唧！"

无尾麻雀在这只和那只之间来回飞，又是解释，又是劝说。一点作用都没起！连听都不愿意听。那只青年中领头的不知深浅的麻雀跳出来，大声说：

"跟我走！"

接着，他就飞进了菜园。麻雀们在罂粟上落了下来。无尾麻雀跳到首领面前，喊道：

"怎么办？怎么办？"

"让它们吃一点吧，"长老安慰说，"它们不会留太长时间。"

刚说完，突然——啪！一声枪响！

"逃命啊！"麻雀们叫道，于是，就全部逃之夭夭了。

"跟我来！"麻雀领袖大叫一声，调转方向，直接把受惊的雀群领向城市。城市已经近在眼前。在墓地附近，长老再次转了个弯，并且在兵营附近的一片菜地上转圈子。无尾麻雀飞到它的身边问道：

"是上白蜡树，还是上椴树？"

"上椴树，当然上椴树！催一催后面的，任何人都别掉队。"终于到了！麻雀首领就降落在椴树顶上。其余的麻雀，全都精疲力竭，气喘吁吁的，在树枝上分散着。而无尾麻雀还在忙忙碌碌，在椴树周围飞来飞去，对那些为座位而争吵的麻雀做安慰、调停工作。每个人都想尽量挨着长老坐下，好能够听清它的讲话。无尾麻雀又是开导又是劝说，对那些不听劝说的麻雀就敲敲前额，终于建立起了秩序。

"好了吗？"麻雀首领问。

"貌似可以啦！"无尾麻雀回答，"可以开始啦！"

麻雀首领把嗓子清了清，在树枝上擦了擦喙，再换一个风小的地方站好，接着叫道：

"安静！"

突然吵闹声中断了。长老再次清了清嗓子，站了个舒服的姿势，开始说：

"麻雀公民们！"

"听好！听好！听好！唧，唧，"树枝上响声一片。

"麻雀公民们！"长老又说了一遍，又清清嗓子，在树枝上又擦了一下嘴，继续说，"你们已经把许多东西学会了。"

"学会了！学会了！'，麻雀们叫喊着，喧嚣声又响起来了，打断了首领的发言。

只有当无尾麻雀叫道："嘘！谁敢擅自出声，我就让他瞧瞧我的厉害！"这时才稍稍安静下来，长老这才能够继续讲演。

"你们已经了解了自己，并且已经明白，麻雀永远不能离开自己的故土，不可以像其他鸟那样，跑去温暖的国家。"

"它们可耻！它们可耻！把它们打倒！"麻雀们叫起来。

吵声又响起来，无尾麻雀不得不啄了几个叫得最凶的麻雀，否则的话，它无论如何也不能使会场安静下来。刚刚安静一些，一只浑身湿透的小麻雀又无缘无故地叫起来：

"啊，我们的亲爱的祖国多冷啊！"

但是它的邻居轻轻推了它一下，于是，平静又恢复了。

长老继续说：

"你们也了解人。"

"了解！了解！了解！唧，唧，唧！"

"而且懂得我们可以与人和睦相处!"首领说。

话音刚落,麻雀们像开了锅一样,喧闹起来! 亚奇梅涅克跳到了前面,直接对着长老嚷道:

"我们采罂粟时,朝我们开枪的是谁?"

从来没有过的埋怨声、叫喊声,如同暴风雨一般席卷而来。无尾麻雀从一个枝头跳到了另一个枝头,在椴树上转了很久。要令会场安静下来绝不是件容易的事。显然,对于人类的不公正,大家特别愤怒。这时,又跳出来一只小雌雀,故意作对似的,离开了座位,用极细的嗓音说:"大家都对别人要求公正,谁又对自己要求公正啦!"它险些被啄死! 大家终于把嗓子喊哑了,首领乘此机会,清了清嗓子继续说:

"你们要知道,人分为驯服与野生两种! 唧! 野生的人因为一些小事就要攻击麻雀。野生人不喜欢麻雀拖走他那里他所认为的属于人的东西。唧,唧,唧! 但是驯服的人,完全驯服的人……"

"哈哈哈!"黄嘴麻雀之首——喜欢争风头的小麻雀哈哈大笑,"看来,你把我们当成小孩啦! 这讲的是童话故事吧! 我们想亲眼见见这种'完全驯服的人'!"

对于这些挖苦性的攻击言论,长老不作任何答复。

它等了一会儿,跳上了另一根树枝,擦了擦喙,伸展了一下翅膀,又说:

"既然我们从前住过的地方——也就是农村——只有在夏天才适合麻雀居住,那么冬天一定不能……"

"噢,是啊,是啊,是啊!"有只饿得极其虚弱的小麻雀小声说。

"我决定,"长老继续说,"让你们迁到城市里来过冬。这里就是城市。"

"城市是什么?"一只年轻的麻雀钻出来问。

无尾麻雀本想朝它扑过去。

但首领向它挥了挥翅膀,心平气和地解释说:

"城市就是居住了很多人的地方。那里有温暖的顶层阁楼。就连最严寒的时刻,也能在那里的街道上找到谷物。"

"就连严寒?"麻雀们惊讶极了,"唧,唧,唧!"

"甚至在严寒时刻!"麻雀首领肯定地回答。

"在哪里?在哪里?"年轻的麻雀们急忙追问。

老者不想当众回答。它对无尾麻雀使了个眼色,无尾麻雀向站在身边枝头上的一只小麻雀俯下身去,对着它的耳朵,低声说了些东西。小麻雀又把同样的话传给自己的邻居。接着,每只麻雀都很惊奇,睁大了眼睛、点着头,对着下一只麻雀的耳朵,低声说着刚刚听到的新闻。

过了一会儿,整棵椴树,从树冠一直到最下面的树枝,都传遍了惊奇的耳语:

"马车!马车!马车!唧,唧,唧!"

但是那只经常跳出来发表不适之词的小雌雀,这一次又忍不住了。

"我们从没有吃过这种东西!"它很气愤,叫了一声。

又有人推了它一下,于是又安静下来。

"因此,我亲爱的人民,"麻雀长老说,"我决定,这个冬天,我们将在城市里度过,我已经说过了,麻雀住在这里要轻松得多。但是这还不够。为了过冬,我还选择了这样一间房子:在这里住着……这里住着……"它又说了一遍,停顿了一下,再次强调说,"在这里住着……"

麻雀们屏住呼吸,等待着,而小雌雀又忍不住了:

"我们已经听见了:住!但是住着谁呀?"

"完全驯服的人,"说完后,长老就严肃地环视了全会场。

这则新闻使麻雀们惊慌失措,它们几乎只能勉勉强强地发出很轻微的叫声:

"驯服?驯服的人?唧,唧,唧!"

它们半信半疑,面面相觑,一会儿看看长老,一会儿看看无尾麻雀。

"嘘!"无尾麻雀把声音压低了说,然后用嘴指了指大门。

大家看了看那边。

"走过来的就是'完全驯服的人'!"长老说。

该消息发出后,一片寂静,好像树枝上无一只麻雀。

因此,怪不得我走进花园时,甚至没发现椴树上有情况。就连我的爱犬，图皮和恰帕，经过椴树时也没把头抬起过。迎面而来的母猫伊姆卡，自己要关心的事就已经很多了，譬如，它需要关注我的"保护天使"——乌鸦皮普什，因此，它已无暇顾及麻雀。只有经常算计所有城市麻雀的寒鸦穆夏，两眼交替着盯着椴树，气愤地叫道：

"它们这些败类又来了！"

麻雀目瞪口呆地注视着我。甚至当我和与我随行的狗、猫、松鼠和乌鸦走进屋子之后，它们还没想到要把嘴闭上。

当它们清醒之后，长老已经从椴树上消失。它已经飞入白蜡树上的椋鸟巢。那是它长期的过冬处所。椋鸟总是把羽毛和绒毛留在那里，一句话，总算是有些家具，而且椋鸟巢防风性能很好。年老的风湿病患者在这里生活，如同生活在基督的怀抱中。

无尾麻雀留在椴树上。麻雀们围住了它，向它提出各种各样的问题，但是无尾麻雀不喜欢长篇大论，所以，只对它们说：

"首领使他养成了习惯。这已经是去年的事。他甚至亲自把饲料送来！并且像怕火一样的害怕我们！"

"他害怕？"麻雀们感到非常迷惑，"唧，唧，唧！"

"是啊，害怕，"无尾麻雀肯定地说，"他敢晚一点给食物，我们就要他好看！"

麻雀沉默不语。正如人们所说，大惊失色，呆若木鸡。只有那只爱出风头的小麻雀，又突然叫起来：

"他怕我们，但是不怕猫？谁愿意信，谁就信吧，唧，唧，唧！"

它因此又被啄了一下，然后又安静下来。

无尾麻雀说：

"也怕猫！我亲眼看见他喂过猫。还怕松鼠——也喂过它。懂吗？乌鸦，他也怕——就是跟在他后面的那只。"

"这就是说他是胆小鬼！"麻雀们一起叫道，"胆小鬼！胆小鬼！胆小鬼！唧，唧，唧！"

从此，在麻雀民众中，我就出名了，确切地说，名誉扫地——完全毁了。

麻雀们之间的交谈声越来越轻，越来越轻。

夜幕渐渐降临，黑夜终于来了。

清晨，天刚亮，长老就从椋鸟巢出来了，开始做早操——在住宅前的小木板上抖动着身子。无尾麻雀马上出现了，来到它的身旁追问："可以开始吗？"长老不满地看了看它。"你什么时候听到过，这座屋子里的人会在这时吃早饭？唧，唧，唧！"它感到惊讶，不以为然地摇了摇头。

"可是，我们都很饿，"无尾麻雀试图乞求他的谅解。

但是，首领把它的话打断了：

"别人不问，你就别烦！"

无尾麻雀满面羞愧地向椴树爬去。那里已经充满生气：麻雀们叽叽喳喳的争先恐后地谈论着"驯服的人"。大家虽然都不了解，但还是争论不休。小雌雀跳上最高的一根树枝，谁也无法够到它，大声叫道：

"我不信！我不信！"并且挑衅性地转动着尾巴。

但是，由于大家只顾着争论，谁也没去注意它，这样它就可以随心所欲地坚持自己的看法了。

麻雀首领待在自己的小土台上，倾听着。院子里渐渐活跃起来。狗自由地打着哈欠。母鸡咕嗒咕嗒地叫着。公鸭卡什彼列克对自己的夫人梅兰卡的嘎嘎一叫，使得家鹅马尔戈夏哈哈大笑。我们的"保护天使"乌鸦皮普什用沙哑的低音叫了一声，立刻引来了寒鸦穆夏用喙去敲击食钵和洗衣盆。

厨房门传来砰的一声，又一声。麻雀长老停了片刻，摇摇头，想了一会儿，自言自语道：

"如果在这个时候这里没有发生任何情况，那么肯定就要开早饭了。可以开始啦。无尾麻雀，无尾麻雀！"它叫了一声，"时间到啦！"

无尾麻雀发出信号。椴树上的闹声很大，没听过的人无法想象麻雀的能耐有多大！但是，对无尾麻雀来说，这还不算什么。它叫喊着，故意煽动大家：

"嗨，你们真没出息！这算叫喊吗？是这样喊叫吗？你们认为他会注意这样微弱的叫声吗？"

　　然后，它召集一大群最勇敢、最会叫的老麻雀和它一起飞到窗上，开始敲打窗玻璃，敲打窗台，撞击窗檐。

　　"你怎么还在睡?!"无尾麻雀一面叫，一面透过玻璃来窥探房间里，"你没看见天都亮了吗，我们已经等吃早饭很久了吗?"

　　卡捷琳娜听到闹声后，来到了花园。长老见到她，立刻转过身去，把尾巴对着她。它不喜欢卡捷琳娜！不能原谅她当着它的面把顶楼的天窗关上，不让它靠近晒在那里的种子。

　　"啊，老骗子来了！"卡捷琳娜有点不恭敬地迎接它。

　　她看了看椴树，看见了愤怒的麻雀群，然后向我走来：

　　"我们去年的食客说来就来啦！这是它们在敲击窗子！太可怕了，一年的时间繁殖了这么多！椴树上都成了黑压压的一片。"

　　我靠近窗子。无尾麻雀一看到我就嚷道：

　　"总算起身啦，懒鬼！我们要吃东西！吃！吃！"

　　接着，全体麻雀像大合唱一样重复着说：

　　"吃！吃！吃！"

　　怎么办？我把窗子关上。为了以防万一，麻雀们都飞到椴树上。

　　"什么？什么？什么？"年轻的麻雀都激动极了。

　　"怎么？什么！"无尾麻雀对它们大声吆喝，"他们马上就会给我们撒饲料。试试看，他敢不撒！"

　　"但是我不信！不信！不信！"小雌雀仍然站在树顶上说。

　　我向窗台外面撒了一些吃剩的东西、少许粥，抛了几片白面包，然后把窗子关上。无尾麻雀郑重其事地说：

　　"怎么样？我没给你们说错吧？你们瞧——他是一个完全驯服的人！他都做到了，只是要对他严厉些！不要挤！排队！排队！"它对向食物涌去的黑压压的一大片麻雀叫着。

　　"但是我始终不信！不信！不信！不……"小雌雀在椴树顶上叫着，没完没了地叫着，它就发现我出现在院中。

　　"大家逃命啊！"年轻的麻雀都惊叫着，顷刻之间，全都来到了树上。只剩下无尾麻雀和几只老麻雀在小窗上。

"胆小鬼!"无尾麻雀对年轻的麻雀叫道,"你们知道为什么人会出来吗?"

大家一言不发。甚至没有一只麻雀敢出声。

"人来给我们首领送黍米饭!"无尾麻雀说,"注意! 你们看! 马上就能亲眼见到了。"

"我可不信!"倔强的小雌雀小声说了一句,又沉默了,像着了魔一样注视着事情的发展。

我向椋鸟巢走近了一些,对老麻雀说:

"你生活得好吗,老头? 没把我忘了吧?"

而它一言不发,装作没听见,只是以不信任的目光看着我。我把一只握着黍米饭的手掌伸向它。我知道老麻雀很喜欢黍米饭。我把手举过头,站在那里,一动不动。麻雀目不转睛地看着我,也一动不动。

我轻轻地吹起了口哨。我们有一首麻雀歌,我俩早在去年都已非常熟悉这首曲子了。

老麻雀把头低下来,倾听着。它换了个方向再仔细听。

"对!"它对我叫了一声,"是的! 这首曲子我知道! 你还是老样子!"

我尽可能使它相信:它可以信任我。还是像一年前那样,我盯着它看,吹着那首曲子,同时把和以前一样的、黄灿灿的黍米饭递给它。

在椴树上的麻雀们,目瞪口呆地观察我俩的见面。

"吹得跟鸫一样好听! 人吹得跟鸫一样!"一只麻雀低声说着,其余的麻雀都随声附和,"像鸫! 像鸫!"

突然又安静了下来。它们一会儿看看我,一会儿看看长老。老头在小树枝上跳了一会儿舞,就跳开了。又跳了一会儿,又跳开了,一直跳到树枝的尽头,挥舞着翅膀就……

"落到人的头上去了!"青年麻雀的带头人亚奇梅涅克,胆战心惊地把嗓门压低了说。

"这种场面我不想看! 噢! 噢! 我感到不舒服!"小雌雀绝望地叫了一声,接着就像一块沉重的石头飞了下去,坠落在茂密的野蔷薇丛中。

但是长老从我的头上飞到我伸出的手掌中,用它那智慧的小眼睛打量着我：

"饭真好！"它愉快地叫了一声，就开始啄取我手掌中的黄灿灿的黍粒。

"叔叔，摸摸它！"站在我身后的克里西娅小声地说。

"你是知道的，我不喜欢被别人抚摸，一般说来，我讨厌剧烈运动，对吧？"麻雀对我说。

"我知道，我知道，小老头，"我安慰它说，"你应该相信我，我一动也不会动的……而你，克里西娅，要应该注意的是，如果你想要和谁做朋友，就要尊重他的习惯，否则的话，你不可能与动物建立真正的友谊，"我对克里西娅说。

长老一边吃饭，一边简要地向我讲述了在我们没见面的这段时间里，麻雀世界所发生的事。

"我们要在你这里过冬，"最后它说了一句，就飞上椋鸟巢前的小台阶入口。

"怎么样？看见了吧？"无尾麻雀对其他麻雀说。

"奇怪！怪事！"麻雀异口同声的回答。

"完全驯服的人，对吧？"无尾麻雀自我吹嘘地说，"但要记住——要对他严格！丝毫不能客气！明白吗？"

"明白！"麻雀们答道。

野蔷薇丛中，传来了小雌雀轻微的叫声：

"我不想看到这一幕！什么都不想明白！这样没有好结果的！"

但是，没有谁听它的话。所有的麻雀都在无尾麻雀的带领下，冲上了窗檐，一转眼，所有的东西都被吃得一干二净。

第一节课就这样开始了。

我几乎难以复述：比如，对我不好，有失分寸，没有一句好话！不停地叫喊，谩骂！

尽管小雌雀被警告过，这样做不好，不会有好结果，但还是无济于事。无尾麻雀敲了它一下，它就不响了。而无尾麻雀自己则忘乎所以地叫喊着：

"教训，教训他！不要对他客气！无须过分亲热！教训他！严厉点！"

　　但是，我也有自尊心啊！我不给吵闹者半粒黍米。只是在午后，它们才得到它们应得的东西。而且，这还不是在窗檐上，而是在麻雀吃饭的地方，也就是在被砌死的窗口上面留下的楣窗上。

　　从这个有纪念意义的早晨开始，我们就开始了共同的生活。

　　我无法抱怨，因为尚可忍受这种生活。要说有什么不愉快的事，那就只有推迟我供食的时间了。麻雀的早餐或午餐，就算是迟了一分钟或几秒钟，我也会遭殃。灾难降临！实在没法子！当然，应当让秩序建立起来。我难过得捶胸顿足："亲爱的，这个错是我自己的！"

　　这样一来，正如我所说的那样，总的来说，我们的关系还算令人满意。但是，坏就坏在它们决定把全院"驯服"。诚然，那些年长的动物——可敬的狗恰帕和图皮——不对麻雀的事情感兴趣，但是狗的小公民根本就对麻雀窥视它们的食钵的行为很不喜欢。年轻的狗可不允许它们驯服自己。寒鸦穆夏也不允许驯服。我们的"保护天使"乌鸦皮普什也不妥协，这只乌鸦不但聪明，而且有耐心，但它会坚定不移地把自己的各项计划执行。皮普什向麻雀宣布：要与它们决一死战。

　　在这里，不谈论皮普什。这样对待皮普什不公正，值得为它单独写一部中篇小说，因此对这段战争史，我避而不谈，只想说，在春季到来之前，我们人完全顺从麻雀，将它们的所有欲望都满足了。唯独卡捷琳娜一人还勉强坚持，不因为麻雀的意志有丝毫改变。她尽可能地违抗它们。然而我和克里西娅呢？小鸟们对我们为所欲为。我们在凉台上吃午饭或早饭时，必须吃的要快，留意放在桌上的每一块食物，因为麻雀会从我们手中夺走任何东西。

　　无尾麻雀在平顶房上发号施令，好像我们根本就不存在。只要它听到了碗碟碰撞的响声，就会叫起来：

　　"注意！唧，唧，唧！东西马上就要端来啦！注意！要记住，虽然我们不能禁止人们在我们面前吃东西，但他们也不该吃得过多！"

　　于是，黑压压的一大群麻雀瞬间就把平顶房的各个窗口占领了。它们都在等待。只要有可以吃的东西出现在桌子上，它们就会随时而来！只要是能吞下去的东西，它们都会吃掉！比如，只要我们有人把手伸向白面包，它们居然也会生气，因为它们认为这是自己的东西。

有一次，我与一只雌麻雀因为一块饼干发生了剧烈的冲突。它从我手中抢走了饼干。但是这块饼干太重，它含着它无法飞开。它就在桌面上拖啊，拖啊，一直拖到了桌子的边上，饼干落到了地板上。我就俯下身去，想帮帮它。而雌雀却张开嘴，朝我扑过来！

"干吗纠缠不休？"它生气地叫了一声，"这是你的饼干吗？不许动！我不要你帮忙！哪有这么好的人！"

怎么办？既然已经下定决心要向麻雀证明，"完全驯服的人"也许会存在的，那么就必须屈服优势兵力，对吗？

可是，我也不想让你们对麻雀的看法变得不好。

无尾麻雀说服它们，要严格对待我，要毫不宽容，不拘礼节，不用客气。它们相信它，并且采取了相应的措施。有时候，也许它们是不太使人高兴的邻居。但这只是一部分。其中有些麻雀去我那里，不仅仅是为了让我把它们喂饱，还经常飞来和我说说话。亚奇梅涅克经常来访问我。它在打开的小窗户上待着，看着房间，唧唧地叫：

"你在这里？你在这里听到什么啦？唧，唧，唧！"

它把各种五花八门的事讲给我听。我很难听懂它的话，因为语速很快，很急，有些话听不清。它讲得非常生动，非常富有激情，使得它一刻也无法坐定。它总是跳来跳去，转来转去，坐不住，急剧地摇动尾巴。

那只小雌雀——就是那只经常不合时宜跳出来提问题的麻雀也常来拜访。它不停留在小窗上，而是直接飞进房间。我从没有见到过哪种生物比这个小东西的好奇心更强。它对一切都感兴趣，每样东西它都要看上成千上万次，都会提出上千个问题：

"这是什么？是什么？唧，唧，唧！"

有一次，在冬天——那年冬天寒冷极了——小雌雀飞进厨房。它看见水盆上方开着的龙头里，正有一道细流涓涓流出。小雌雀待在水盆的边缘，倾听了一会儿流水的声音，突然唱道：

"春天！春天！春天！"

然后，它飞进了院子。它坚信，在那里的任何地方都没有春天。只是在厨房里有春天，在水盆的上面。于是，它又飞了回来，重新唱起自己的春之歌。从此以后，每天它都会飞过来，直接飞进厨房，向水盆飞去，对房间里的东西已经没有兴趣了。如果水龙头关着，它就会叫：

"请给一个春天！为什么没有春天？"

我们把水龙头打开，小雌雀又唱起自己的春之歌。

我相信，当别的麻雀在麻雀会议上埋怨真正的春天迟迟不来时，小雌雀肯定会跳出来对此大发感慨。也可能遭到无尾麻雀的攻击，因为无尾麻雀对反对意见很排斥。

望眼欲穿的真正的春天终于到来了。大家都忙着办婚事。在如此美好的一个日子里，椴树上居然空无一物。只剩下长老一人待在花园里。它已无家可归——椋鸟早就把它赶出了屋门——而且是身无分文。无尾麻雀在那里肇事，不知有哪些阴谋，从而使首领成为孤家寡人，突然不知不觉地丧失了政权，失去了信任，变成了一个被社会遗弃的、没人需要的、多余的人——这极其不愉快，对吗？我从心底里怜悯这个老头。自打被赶出椋鸟巢那天起，它就搬进顶楼，即天花板的下面——电铃线上。我绞尽脑汁想尽一切办法使它减轻因为孤单和年老而造成的痛苦，因为这只麻雀一天天在变老、衰弱。当然，它去我那里还是很频繁的。但是，它要用沉重的尾巴支撑着，才能在桌上站立。它吃着黍米饭，但啄饭的动作显得笨拙，没有胃口。它看了我一眼，偶尔说一句：

"唧！我翅膀很痛，你知道吗？"

或者说：

"世道已经和从前不一样了！是啊！"

有时也会说：

"唧！现在的太阳已经没有我年轻时那样温暖了，对吗？"

有时，它叫得很凄惨，似乎在叹息：

"噢，老年人真孤独啊！"

老麻雀一天比一天显得呆板，变得越来越冷漠，越来越感到烦闷，好像从不离开自己在天花板下面的座位。

我一来到顶层就会叫它：

"怎么样，老头?"同时唱着着我们的麻雀之歌。

这时，它就在上面回答我：

"唧! 我在这里! 谢谢你没把我忘记，但我不能飞到你那里去。我太累啦!"

有一次，是在盛夏时节，临近黄昏时，固执的雌雀亚奇梅涅克和其他几只麻雀一起飞上顶层。它们对老麻雀叫喊着，说了一些话，并且证实了一些事。长老从上向下飞去，飞向它们，并在顶层的窗子上举行了一次会议。

"看来，无尾麻雀做了见不得人的事，所以麻雀们都想避开它，"我想。这时，我看见老麻雀突然变得很活泼，并开始准备动身。它在食钵里洗了个干干净净的澡，抖抖身子，并梳理了一番。当它跟我告别，并最后一次在我手中吃黍米时，它显得年轻多了。老麻雀急急忙忙地把谷粒到处乱扔——它总是这样来仔细地挑选每一颗谷粒!

"祝你健康! 感谢你赐予的一切!"它一边说一边目不转睛地看着我，样子很真诚，似乎只有它才会这样做。

它本来想飞到上面去，但是，突然身子向前一倾，然后又向后剧烈地摇晃了一下，看了看我，就四脚朝天的倒在地上。

所有的小鸟在死的时候都是爪子朝上。

我们把长老埋葬在我家南墙边的开着好多花朵的白玫瑰树下。那里是我们共同生活过的地方，并且是我们心心相印的动物的墓。

九、小猫欧罗巴

欧罗巴? 这是世界的一部分? 这讲的是地理问题吗?

这个欧罗巴与那个欧罗巴，风马牛不相及。欧罗巴——是一只猫，准确地说，是一只母猫。

它像雪一样在我们头上降落，确切地说，更像雨。这是在早春，大雨倾盆而下，连绵不断，下了很久。天气非常冷。我们已经有好几天不想在街上露面。狗也赶不出门。

这种怪天气你们见过吗？见过？那么请别见怪，虽然我的侄女克里西娅想尽方法来排忧解闷，尽管如此，但还是觉得很寂寞。我是根据她向我提出的各种问题才发现这一点的。这些问题不一定特别深奥：

"如果柞树上长出梨来，会怎么样呢？如果水不是潮湿的，又会怎么样？"

这类问题你们听到过吗？请允许我不再一一赘述。对于克里西娅，我很喜欢。请相信我，她是个既可爱，又聪明的小女孩。但是遇上连续不断的坏天气，谁都会心绪不宁的。

克里西娅最终把自己心爱的玩具娃娃拿了出来。她不太喜欢娃娃的裙子，于是就开始准备布料，裁剪，缝制。剪刀咔嚓咔嚓地响，但是她的舌头却遭殃了，因为无论克里西娅做什么事情，都要折磨自己的舌头，似乎她正是要责怪自己的舌头。她一会儿咬咬舌头的这边，一会儿咬咬那边。如果只有舌头在运动，那么可以肯定克里西娅在认真地干活。

"你听到了吗？"

"什么？"

"你听！"

克里西娅把布头放下。我俩都竖起耳朵。有明显的啼哭声从窗外传来。

"是婴儿的啼哭声，"克里西娅说。

"那可能是很小的孩子。"

"好像是婴儿，"克里西娅重复道，"外面很黑暗，他迷路了，回不了家了。而妈妈在那儿着急！"

"那么她为什么让这样小的孩子出来？"

"为什么不能和他一起走？可能她的孩子还有病呢？噢，天哪，他都哭成那样了！我们去看看！应当帮助他。把他带进来，让他暖暖身子，还可以问到他在哪里住。"

克里西娅已经准备出去。

"让我们把小窗打开，"我对她说，"窗外还有哭声，我们看看那里有谁。"

"不，不，在那里看有什么用！应当带小孩到房间里来，"克里西娅坚持道。

她已经向门口走去。

"你看，"我一边开窗，一边对她说，"可能这个小孩会自己走向我们的。"

我们听到了可怜的抽噎声、哭泣声，然而，看不清是谁在哭。克里西娅把头探出小窗。我用灯照了照。

"是它！是它！天哪，全透了！"

一只小猫在窗台上坐着。它全身被水浸透，看起来已经被冻僵。我们把它拿进房间时，它身上还有水往下流。

它看上去很可怜：绯红色的小嘴张着，不停地哭泣。

"卡捷琳娜大婶，卡捷琳娜大婶！我们厨房里有火吗？亲爱的大婶，请把火生起来吧！"克里西娅叫道。

小猫被她拖进厨房，她和卡捷琳娜一起在那里把猫身上擦干净，烘干，喂给它食物吃，给它喝水。

你们见过落汤猫吗？噢，好难看啊！它已经不能称为猫了，变成了一根长着四条腿的溜光的羊肠。看不见一点绒毛！真的很脏！

起初，我觉得我们的客人很难看，所以决定等它梳妆打扮之后再去和它认识。

我来到厨房，只见一个破布包在温暖的铁板上放着。

"睡了，"克里西娅细声细语地对我说，"别把它弄醒，叔叔！"

"等一下，让小猫睡够了，"卡捷琳娜见我朝着破布包探过身去，就嘟哝道，"等小可怜休息好了以后，你可以随便看！"

"哎呀，"我想，"克里西娅把卡捷琳娜拉到小猫一边去啦！"

想让你们提起注意的是：我们的卡捷琳娜经常说，所有的猫都是虚伪的生灵。她说，她好像知道有一家的猫把一个婴儿害死了。她还经常说，她一见到猫就会遭殃。

"这只猫我们怎么处理？"我问。

"谁敢碰它，我就让它瞧瞧我的厉害！"卡捷琳娜说，"你在这里干什么？谁把你叫来啦？"她对被厨房里的谈话声吸引过来的图皮大声喝道。它想过来看看发生了什么事，同时希望顺便能让它再舔舔狗食钵。

图皮像闪电一样消失了，并且卡捷琳娜还拿着打狗棒。所有的狗都害怕这种打狗棒，就像怕火一样。不知道为什么，其中的任何一条狗都没受到过打狗棒的伤害。

"大婶，你把小猫吵醒了！"克里西娅看到布包动了一下，就用责备的语气大声地说。

她跑近铁板。卡捷琳娜也对着破布包弯下腰。两人试着哄小猫入睡，但一点作用都没起。

小破布包里伸出一只白脑袋，东张西望，懒洋洋地打了个哈欠，然后整个身体爬了出来。它朝右看了看，又朝左看了看，再向我们看看。

"笑啦！笑啦！"克里西娅惊呼着，想把小猫抱在手上。

"算了吧，猫还笑呢！"卡捷琳娜打断她的话，"别动它，克里西娅。看看它想干什么！"

小家伙抖了抖身子。

"叔叔，你看它多好啊！多美啊，是吗？"克里西娅称赞说。

"你们看，"我说，"它背上的花纹真有趣，那里好像画着一幅地图。欧洲地图。"

"对，对！欧洲！"克里西娅激动得叫起来，"就这样称呼它吧——欧罗巴。叔叔，就管它叫欧罗巴！与众不同！"

"好，就欧罗巴吧，欧罗巴，"我表示同意。

卡捷琳娜很生气，弄得锅叮当作响：

"从来没有听说过如此称呼猫的?!怎么能这样戏弄上帝的生灵？我们这里所有的动物都与众不同！一只狗叫图皮，另一只叫恰帕，真可笑！"

"是啊，大婶……"克里西娅刚开口，话就被打断。

"这些蠢话我不想听！去你的！"她对在铁板上滚动瓶塞的小猫吆喝了一声。

"卡捷琳娜，"我说，"欧罗巴——这是世界的一部分，我们就在这里住吧。"

"我可不在欧罗巴住，我住在拉瓦！"

"还有一个美丽的女人的名字也叫欧罗巴，她很美丽。有一次她想外出旅游，希腊的最高神宙斯就变成一头公牛，亲自驮着她带她游玩，你懂吗？"

"我不想知道什么希腊丑八怪！好啦，你们就管它叫欧罗巴，我就叫它小可爱。小可爱，这不得了。来，小可爱，喝牛奶！"

于是，我们的草原斑猫就有了两个名字：我和克里西娅称它为欧罗巴，卡捷琳娜称它为小可爱。结果，它似乎不但有了名字，而且有了姓。事态的发展证明，应当称它为欧罗巴·小可爱，而不是小可爱·欧罗巴。为什么？很快你们自己就会知道的。

当然，你们都很熟悉小猫，而且知道它是多么快活的生物。

"而我们的欧罗巴，则是世界上最快活的小猫，"克里西娅经常深信不疑地说。

"对，我从未见过像我们小可爱这样顽皮的小家伙！"卡捷琳娜随声附和。

雨下了整整三天。难以想象在这段时间里我们这里发生了什么事。小猫让整个屋子变得生机勃勃。刚刚还在文件上跳跃，现在已经去橱上了。一跳！——就到了窗帘上，然后又跳到了餐柜上，接着在茶杯和高脚杯之上漫步。有一次，它向点燃的煤油灯上一跳，把爪子烫伤了。但是，它既没有哭，也没有抱怨。它竖起全身的毛，生气地看了看爪子，鼻子里发出呼哧呼哧的响声："扑！扑！"——如此强烈的气流，甚至玻璃灯受不了小猫的蔑视而破裂了，炸得粉碎。

小猫把纸篓当做车来坐，赶着线圈满屋滚，倒开了所有的线团。有一次卡捷琳娜为了一团线圈，找了整整一天，原来被小猫拖到客厅里的沙发床上了。

"小可爱，你给我小心点！"她威胁说。

但是这只小猫对所有的责备作出的反应是：用调皮的目光斜视您，并扯着嗓子大笑，您能拿它怎么办！然后，它就伸伸懒腰，弯成弓形的背，尾巴一竖，一下子就跳到您的肩上，一边亲昵地打着呼噜，一边蹭着您的面颊，一下，两下——接着就不见了！您看，它像炸弹一样掉到了几口煎锅中间，一会儿又来到炉子上，一会儿又已经在立橱下面赶起线轴。

但是，不要以为小猫只会玩耍。它还会探索、对周围世界进行研究。有三样东西，它特别感兴趣。

首先是挂钟的钟摆。

小猫在橱上待着的时候，发现了钟摆。它屏住呼吸，一动不动地观察它，看了很长时间。

"它会闪光，会跳舞！这个玩意真有趣。还是第一次见到！"

它小心翼翼地向挂钟靠近。这是一座老式钟，有重锤。小猫想用爪子抓住钟摆，但是够不着。它伸长了一些，再次挥动了爪子。

"咪咪，从橱上跳下来！"我对小猫说。

对于这种诡计，我不太喜欢，何况这是在油灯事件发生之后。

咪咪用轻视的目光看了看我：

"我在研究这样有趣的事，不要来打扰我！"

它从这个角度仔细看了看钟，又换个角度去看，再试着用爪子去够。"不，这样不会有结果的！从地板上试试！"它一下就跳到地板上，挨着墙壁，向上看："从地面向上跳，怎么样？"它像蜡烛一样的竖直，向上跳！差一点拽下钟来。"好啦，小朋友，来这儿，"我对小猫说，"你要搞坏我的钟。我了解你们这种人！"

我把它抱在手上。它又是挣扎又是抓人，还恶狠狠地叫喊。我把它交给克里西娅。猫对她有点兴趣，所以安静着一直到傍晚。

卡捷琳娜把晚餐拿来。已经过点了。她不喜欢别人对她说这些，而总是自己先开口：

"啊！我的爷儿们，都七点啦！这是因为我在忙着洗内衣……"

"已经七点半啦，"我说。

"怎么会七点半?! 正在敲七点!"

的确，钟在敲。当! 当! 当! 我们数着。怎么回事？七下，八下……十二下，十三下，二十下……

"主啊! 这是怎么回事?"卡捷琳娜一面叫，一面把食钵丢到了桌上。

而钟还在敲啊，敲。

这是小猫在用爪子抓住重锤在敲打，并往地板上拉它。钟不停地敲!

我把小猫从钟摆上拉开，它匆匆逃到了床下。但是，您认为它是害怕啦? 一点也不!

第二天早上——百叶窗还关着——只听轰隆一声，同时有猫的叫声传来。我跳下床。

钟在地板上走动，这是欧罗巴在拖着它走：它被挂钟的链搞得哇哇大叫。

"别了，挂钟!"。挂钟事件后，欧罗巴开始研究浴缸。一听到有水从水龙头里流出，它就会从很远的房间飞奔过来，跳到浴缸边，聚精会神地看着水流，然后尽量靠近——用一只爪子抓着说："还会出声，同透明的棍子一样! 还很潮湿! 呸!"它撇了撇嘴，抖了抖爪子。

欧罗巴从缸边绕过去，试图从另一边向水流靠近，又是一爪子! 再次抖抖身子。

"奇怪! 这根棍子的头在哪里?"它想了一会儿，弯下腰去，看看浴缸的深处，"我知道了!"

它从浴缸的下面去寻找水源，找了很久。然后又跳了出来! 再从头重新开始找一遍。

一共有两次它差点被淹死。它下定决心要用两只爪子一起抓水流，只听见轰隆一声，它掉进了几乎放满水的浴缸。正巧，卡捷琳娜打算洗澡。

卡捷琳娜流了许多泪，诉过无数苦! 欧罗巴被吓得拼命的叫喊，仿佛有人要活剥它的皮。

卡捷琳娜以为经历过这次沐浴，小猫会对这种游戏失去兴趣，才不是呢!

第三天，它重新来到浴缸里面，开始研究浴缸的底部。它在那里转来转去，注意观察，喉咙里呼呼作响，好像加热的快要爆炸的水壶。

然而，它是在想，浴缸不是揭开秘密的关键，也不在于水龙头，而是在于加热器。于是未经深思熟虑，它直接就跳到烧得滚烫的加热器上去了。

"喵呜！噢！……"这已和猫的叫声完全不一样了。

后来，小可怜跟发疯似的在屋里到处乱跑，折腾了好一阵子。

从那以后，它见到浴缸就会躲开。但是，这时它已经找到了另外一件差事。

克里西娅的窗台上放着一只大玻璃缸，里面养着金鱼。欧罗巴能在这鱼缸前面坐上几个小时，使它觉得心慌的是，它能看见透明鱼缸中的鱼，但是不能得到它。

你看，有条小鱼直接向它游去。欧罗巴在一旁躲着，目不转睛地看着它。立刻就能抓住了，立刻，立刻！突然一跳——无所获！小猫紧张地等待着。接着又一跳——像一只球被玻璃弹飞了，脑袋在鱼缸上撞了一下——空欢喜一场！

"怎么，没成功！接着试！"欧罗巴自言自语，并从另一边靠近鱼缸。

又听啪的一声，它的头撞上了玻璃！尽管每一次它都被打击，但兴致依旧不减。

不幸的是，爬进鱼缸的念头在小猫的脑子里产生了。它像马戏团里走钢丝的演员，一边保持平衡，一边沿着鱼缸边向前走，同时目不转睛地看着鱼，思考着如何才能得手。它伸进一只爪子——湿了，急忙缩回来，厌恶地抖掉水。而鱼好像故意与它作对似的，就在它的鼻子底下游来游去。你看看，你看看它们！它只好再把爪子伸出来。又湿了！而受惊的鱼都潜入了缸底。

欧罗巴果断地在鱼缸边上待着不走。

"好啦，不管三七二十一！只要能抓住，湿就湿吧！"它决定后，就弯下腰去……

结果怎么样呢？

结果，鱼缸咕咚一声掉在了地板上，而欧罗巴转身一跳，蹿上了橱顶！

但是幸免于难的金鱼不得不被在另一只缸里养着，而且被锁进仓库……

"克里西娅，"我说，"这个欧罗巴惹的麻烦也太多了吧？打破个鱼缸嘛，也就算了，你看看那个挂钟！不知道还能不能修好。"

"小可爱不是故意的，"卡捷琳娜说道，"它在厨房里动过一次东西吗？挂钟掉下来，是因为小钩子松了。"

"那么鱼缸呢？"

"如果欧罗巴知道鱼缸会掉下来，也许就不会去碰它，对吗？大婶！"克里西娅说，"瞧您，叔叔，昨天自己就把一只杯子打破了，大家都知道，您不是故意的。每个人都偶尔可能打破杯子，这是众所周知的！"

顺便说一下，大家都知道，我从手中把杯子丢下去，是因为欧罗巴突然跳到了我的肩膀上。

但是，我不想与卡捷琳娜和克里西娅争吵！我再也不想介入欧罗巴的事。

欧罗巴与我们的狗是在第一个晴天相识的。

欧罗巴跨出门槛，看到阳光普照大地，春光明媚灿烂，气候温暖宜人。小猫兴奋地伸伸腰，东张西望着。有几只麻雀在狗食钵旁的墙头上叽叽喳喳地叫。猫伏在地上，开始准备捕猎。

"请原谅，小姐，您在这里做什么？"

欧罗巴回头看了一眼，只见恰帕彬彬有礼地摇着尾巴向它走来，但是小猫则气呼呼地说："滚开，滚开！"

"不该啐人，这样不好，"恰帕跟它说完后，便向后退了退，"还请原谅，但我还是想弄清楚，小姐，您是从哪儿来的？"

"我从家里来，从家里来！"欧罗巴向它解释。

"您要知道，我们狗在亲自查实你的身份之前，是不会轻易相信任何人的。请允许……"恰帕低声说着，把鼻子向猫伸去。它嗅了嗅，依旧不信。

"好像有我们女主人的气味……还有厨房的气味……请原谅……"

它又凑近了一些，把猫从头到脚闻了一遍。

"对，对，对！虽然很怪，然而这是事实！不要怀疑，不要怀疑！"它感到奇怪，又把鼻子直接凑到猫脸上，"牛奶，把牛奶闻出来是最容易的。怎么样，牛奶也不错，虽然我比较喜欢肉。"

它舔了一下猫耳朵。

"对不起，我自己会洗脸！"欧罗巴说。

但是猫并不离开。恰帕是一条不但活泼而且有礼貌的狗，它决定：现在既然已经相识，那就一起玩玩。

"那么，您在猎捕麻雀，是吗？您做得完全正确！这些无所事事的家伙永远只会把我们食钵里的东西拖走！捉它们去！"

小狗就这样准备向麻雀扑去，仿佛没有比这个更愉快的游戏。它跳啊，跑啊，左顾右盼，但欧罗巴却待在原地不动。

"您厌倦啦，小姐？那我们就找别的游戏来玩吧。我也不大喜欢赶鸟。我从来没有抓到过一只鸟，"它坦白地说，"那我们玩什么？法式摔跤是我最喜欢的。谁能使对方双肩着地，谁就赢了。我们玩吧？好吗？开始！注意！"恰帕向欧罗巴跳去。

它一下子就把小猫按倒在地，小猫痛苦地尖叫起来。

"你怎么啦？怎么不自卫呀！"恰帕一边劝说小猫，一边装作要咬它的样子，然而小猫越哭越伤心。

"放开，把我放开！"猫叫道，"真讨厌，走开！"

恰帕跳开，小猫站了起来，放声大哭。

"没想到你这样爱哭鼻子，恰帕感到奇怪，"你痛吗？为什么不出声？你真奇怪！"

院子里出现了其余的狗，恰帕急忙把这则新闻通报给它们：

"你们知道吗？这里有一样东西，身上带有克里西娅和卡捷琳娜的气味，只喝牛奶，会无缘无故地哭鼻子！"

"在哪儿？在哪儿？"

"在那边的土台上，听见它在哭吗？"

"那是一只猫，"图皮说。它是一条魁梧的狗，所以从不将恰帕放在眼里。

"猫，猫！"恰帕气愤地重复道，"你看看它身上散发的气味！"

所有的狗都向号啕大哭的欧罗巴走去，先从远处闻起，然后在它耳上闻了很久。

"怎么样？怎么样？"恰帕急忙追问。

"嗯，嗯！散发着我们家的气味，这千真万确。"

"这说明什么？"

"这就是说，这只猫是我们的。"最强壮、最年长的狗图皮肯定地回答。

"很显然，是我们的猫。"其他狗赞同地说。

"怎么和它玩耍？"恰帕追问。

"我从来不和猫一起玩。"图皮郑重其事地回答，说完转身离去。

其余的狗都随它而去。

就这样，欧罗巴在院子里得到了认可。大家对它很礼貌，然而仅此而已。

唯独恰帕和它建立了友谊。它是一条馋嘴的狗。只要碟子发出叮当的响声，它就会扔掉一切，迅速向我们在好天气里就餐的露台奔去。在这方面，欧罗巴并不对它让步。

在三餐饭前，它俩就早早地在露台上的凳子上坐等着。

"哟，客人已经来了！要快些。"卡捷琳娜发现了这一对之后，就会这样说。

要知道，它们之间从不相互争夺食物。只是恰帕总要检查一下欧罗巴得到的东西：猫吃完东西后，恰帕总是要闻一下它的嘴巴。

"嗯，我知道，是白面包！带奶油的！给我一点！给我一点！"它请求道，两只眼睛盯着我们看，激动得坐不住。

只有偶尔有时邻居家的狗洛尔德对欧罗巴发牢骚，这条狗既愚蠢又粗鲁，总是想着从早吃到晚。它不允许小猫靠近狗食钵。

它以不友善的目光盯着逐渐走近的欧罗巴：

"你要做什么？别动！走开！"

有一次，它甚至被咬了一口。欧罗巴叫起来，图皮马上为它打抱不平。

"我们的猫，"它对洛尔德说，"难道不是我们的？"

"是你们的，但是它不必在这里转来转去！"

"食钵是你的？"

"是啊！"

"啊，是吗?!"图皮大叫一声，瞬间，洛尔德四脚朝天的在地上躺着。

"哎哟，哎哟，再也不敢啦！"它哀怨地尖声叫着。

但是欧罗巴却在板棚顶上待着，认认真真地洗着脸。

从此以后，在院子里，小猫想要做什么就做什么，而且与狗们在一起生活很和睦，甚至常常别出心裁地在狗窝里睡觉。

只是有一次，它几乎要和狗吵架了。为了什么？为一只老鼠。

事情是这样的：

板棚的地板上有一个破洞，欧罗巴经常在这洞口坐等数小时，因为有老鼠的气味被它闻到了。但是，有时它不是安静耐心地等待老鼠出洞，而是亲自爬进洞内，仅把它的尾巴露了出来。

有一次，我们家的狗朋友库齐来到了板棚里，看见欧罗巴的尾巴在洞口闪动。

"小猫，你在那里做什么？"

欧罗巴钻出洞来责备道：

"你吓跑了我的老鼠！这都是你的错！"

库齐朝洞里看了看，闻了闻。

"还在呢，"它说，"老鼠还在那里，没错。"

"我自己知道，"欧罗巴说，"我已经在这洞口等了两天多啦。"

"真的？"库齐微微一笑，"直到现在还没逮住？"

"你自己试吧！"欧罗巴嘟哝着。

库齐没有回答，转身走了，等欧罗巴刚从板棚来到院内，它突然就钻进了棚中，往洞前一坐。

库齐左等右等。小老鼠向外面瞧了瞧，库齐丝毫不动。当壮大了胆子的老鼠开始悄悄朝狗食钵走近时，狗一下子就抓住它，紧紧咬住了它！

库齐嘴里叼着老鼠连蹦带跳地来到院中。所有的狗都来围观。库齐大度地让它们闻着老鼠。洛尔德想夺走它，这只是开玩笑，而不是真要抢走，因为狗不喜欢吃老鼠。

从此，全院性的追逐活动就开始了。

突然，欧罗巴出现在板棚顶上。

"放下老鼠！老鼠是我的！"它对库齐喊道。

库齐并没有注意，继续奔跑在院子里。为了逃避图皮，它来到了板棚下面……

这一刻正是欧罗巴等待的。它像一块石头砸到狗身上。库齐把老鼠扔掉，准备逃走，但是猫咬住了它的后脑勺。库齐拔腿就跑。但是欧罗巴在它的颈上坐着，乱抓它的脸！

"哎哟，哎哟！"库齐悲哀的号叫着。它先是猛力一冲，然后向上一蹿，把身上的小猫甩掉了——溜走了！

小猫在后面追赶，一直追它到大门口。

"你看，你看！"图皮说，"它训斥了它一顿！我亲眼看见它鼻子在流血。对小猫要小心点！"

欧罗巴回来时已经气喘吁吁。它走到狗食钵旁边，开始舔食稀粥。

"这样小，而且还这样天不怕地不怕！"图皮惊讶地注视着小猫。

虽然它看着另一条狗吃东西，心中不能平静，但它只是伸出舌头舔舔嘴唇，不敢向食钵靠近。

欧罗巴在长大。它已经不是一只猫崽了，而是变成了一只美丽的雌猫。

它与狗们相处得非常和睦，并在那里它学会了许多东西。

它是那么温柔，没有一只猫可以与之相比。它不仅会用自己的身体蹭人，发出呼噜呼噜的响声，跳猫舞，弓着腰，一步步地慢慢地蜿蜒前进。当然，每只猫都会这样做，对吗？

　　而且，别的猫都不会做的事，欧罗巴也会做。它会用自己粉红色的舌头舔人的双手、双颊！这样的猫，你们见过吗？

　　一有外人在门口出现，它就学狗的样子奔向门口。除此之外，它还像狗那样在主人的脚旁绕来绕去；不管我们谁回家时，它都会跳到你的怀里。

　　总之，它是一只非同寻常的猫，怪不得我们的狗都喜欢它。

　　那么，它和别人家的狗是如何相处的呢？什么情况都可能有。对于到我们院子里来做客的狗，它友好相待。因为它们都是很体面的狗，比如阿穆尔。它是一条出身名门的狗。它的脸和它的舅舅猎犬很像，毛色像另一个舅舅捕狼的大猎犬，躯干非常长，显然说明，达克斯犬也和它是近亲。由于人们把它的尾巴砍断了，所以它又与狐狗相似。

　　除了阿穆尔之外，来访者还有一条不知道为什么被叫做马琳娜的棕红色看家犬。它的毛像鬃一样坚硬，优美卷曲的尾巴，像一个双层小面包圈。然而在交际场上使人倾倒的人物库齐也是狐狗、捕狼的大猎犬、撵山犬以及警犬的亲戚。这是一条极其聪明的、罕见的滑头狗。它经常这样的组织游戏：让所有的狗都叫喊着，在院子里到处奔跑，但是它自己总是单独在目标旁留守着，也就是留在装满食物的狗食钵旁。它到处都很受欢迎，因为它很活跃，很和善，是个有好点子的大能手。

　　没有库齐指挥院子里的游戏，就永远不会成功。

　　此时，欧罗巴像往常一样，在板棚顶上待着。它不和狗一起玩耍，只是看着它们做游戏。也没有任何一条狗想惹它生气或者哪怕是对它说一些使它不高兴的话。

　　别的狗惹它吗？当然，狗群就像人群，也各有各的个性。在我们隔壁邻居家有一条狗，叫雷克斯，和你们知道的一样，"雷克斯"在拉丁语中意为"国王"。应当承认，恰巧这个名字对我们的雷克斯完全适合。它是一条很大、很美、很强壮的捕狼猎犬。它在狗展上曾多次获得过奖状、奖章。总之，它是一位国王。

　　但是，它自高自大吗？可能是吧。它经常破坏游戏。大家在相互追逐，但它却站在马路当中，不知道对谁狂吠。大家玩打仗游戏，但它却假惺惺地龇牙咧嘴——接着拔腿就逃！胆小如鼠。

开始的一两次，它不请自来。欧罗巴都没有出来。第三次，当我们的狗及其客人们在玩捉迷藏游戏时，突然，它出现了。它什么也不问，就直接跳上欧罗巴通常睡觉的板棚。

"猫！猫！"它叫起来，"捉啊，把它抓住！"

阿穆尔停止游戏，一拐一瘸的用自己的罗圈腿走近板棚。它说：

"雷克斯，不要打扰它！这是它们的猫！"

"这和我有关系吗！猫！猫！抓猫！"雷克斯一边叫，一边使劲地向屋顶上跳。

欧罗巴处于戒备状态，全身的毛都竖起来了，恶狠狠地说：

"滚，滚！这是什么东西？"

图皮侧着身子向雷克斯靠近。

"雷克斯，离开我们的猫！"它建议捕狼大猎犬。

口齿伶俐、说话不愁没有词儿、像女小贩一样会骂街的库齐也飞快地向雷克斯奔去：

"哎呀，你真没出息！你是怎么做客的？"

换做其他任何一条狗，都会立刻醒悟过来，退出现场，但雷克斯却什么也没想。张开大嘴就跳上前去，差一点就要用自己的大牙咬住了欧罗巴。

你瞧，这很过分！图皮咬住它的喉部，阿穆尔咬住它的肋部。但是个子不大的库齐在这种情况下显得很小心，专心致志地对付国王的肚子。

战斗达到白热化程度。其他的狗也蜂拥而至。原谅我对会战的细节不详细描述了。从此以后，雷克斯至少永远不能在任何狗展上显示自己的美丽了，这是事实。它回家的时候，耳朵少了一大块！

"哎哟，哎哟，哎哟！"它大声叫喊着穿过马路。

"还碰我们的欧罗巴吗？"我们的狗在它后面喊。

"下流胚！下流胚！"库齐用爪子抓着地皮，叫道，"不登大雅之堂！你举止不文明！"

欧罗巴喜欢狗吗？我觉得是的，尽管我要指出，狗的友谊使它处于很难堪的境地。为什么？因为狗使得它失去了更适合于自己的社交活动。它觉得寂寞，整天打瞌睡，打呵欠。您可以想象到，您这是处于一个既无法理解您，又不明白您的烦恼与兴趣的群体之中。您对它们讲粮仓里的老鼠，但是它们却回答您："我们去捕捉兔子吧！"您自己却认为，这并不很开心。有时候，欧罗巴也能从屋顶看到别的猫。有一只白色的公猫在我们邻居家。它们偶尔交谈，但相距太远了。几乎足不出户的欧罗巴从它那里知道了有关泔水池的新闻，有关邻居的一些谣言。如果它能与它当面交谈，天南地北地聊聊，那就很高兴啦。然而这不可能。

但愿能有一只公猫出现在院子里！

"公猫！公猫！"首先发现它的狗叫道，"外来的猫！外来的猫！"

接着一场混乱就出现了！所有的狗全都出动，向来者冲去。食钵、水桶全都飞起来了。追捕者们闯入花园，花坛、苗床全都遭殃了。

"围住它！从左边超过去！"图皮对恰帕叫道。恰帕在公猫后面跟着，像子弹一样飞奔。

"就好，就好，就好！"狐狗叫着回答，眼看就要将外来猫逮住了，但是，公猫一跳！——已经到了树上。

立即一片叫骂声传来：

"啊，你这家伙真没出息！为什么来这里？我们又不是没有自己的猫？谁叫你来的？下来，立刻下来，明白吗？"

公猫当然不想从树上下来。它待在那里有半个小时，一个小时。狗儿们把喉咙喊哑了。图皮跑到我跟前，把我拉进花园，把那只已被吓破胆的公猫领给我看。

"把它拿下！拿下！"图皮一面请求，一面在我周围跳来跳去，舔着我的手，"它一会儿还要去我们欧罗巴那里的！欧罗巴需要它！拿下它！我们要让它看看我们的颜色！"

我把狗向另一棵树引去，假装在那棵树上发现了另一只公猫。受骗的狗群向那棵树跳去，想要找到根本就不存在的猫。不幸的囚徒渐渐消失。

因此，欧罗巴就孤孤单单了。我预感到，不良的后果将会产生。

果然这样的事发生了。

一天早晨，欧罗巴像石沉大海一样失踪了。牛奶留在那里，没喝过。没回来吃午饭，直到吃晚饭的时候，它依旧没有出现，坏事啦！

克里西娅在哭泣，卡捷琳娜恶狠狠地走来走去，弄得锅子叮当作响：

"准是雷克斯把小可爱咬死了！它是个恶棍，不是狗！"

从此，卡捷琳娜大婶与捕狼大猎犬之间的战争爆发了。它不敢在她的眼前出现。等待它的是刷子，甚至是铁铲。崭新的打狗棒打在它背上，结果被折成数段。

几周过去，还是没有欧罗巴的消息。克里西娅万分悲痛。我们的院子里有了一些变化：库齐将永远住在我家。它的主人们走了，无法随身带着它。

已经到了克里西娅的命名日，通常是要隆重庆祝一番，而这一次，卡捷琳娜决定要把庆祝活动办得特别隆重。

"一定要做巧克力奶油蛋糕和樱桃馅饼——克里西娅很喜欢吃。而你别让克里西娅到厨房里去，否则就不能算是意外礼物啦，"她在前一天晚上就提前告诉我。

客人们济济一堂。到处洋溢着欢乐的气氛。到了晚饭时间，一切准备就绪。再过一分钟就要出现生日蛋糕。

"天哪，守点规矩！走开！走开，该死的！"这个声音从厨房里传来。

我们大家奔进厨房，好像蛋糕从未有过一样。

当然，库齐是把自己的一份拿走了，但是整只蛋糕不翼而飞了。

只好不吃蛋糕，只喝茶。即使这样，大家也很高兴，客人们一直到很晚才散去。

库齐一整天没露过面。但是，因为它喜欢在厨房里的炉子下面睡觉，所以当一切安静下来之后，它终于不能忍耐了，一头钻进了角落。它在那里皱着眉头，看着卡捷琳娜，从它的面部表情看出，显然它有很大的委屈。

"这样吵闹——为什么？为了这件小事。我也不喜欢这种又甜又黏的东西！我直到现在还感到恶心。"

卡捷琳娜大婶开灯的时候发现了库齐。

"啊，你居然爬了进来！"她以威胁的口气说了一句，就拿起一根非常粗的木柴，向库齐走去。

库齐跳了起来，然而它没有逃到院子里去，而是伸了伸鼻子，沿着楼梯，向上爬去，然后坐在上面的阶梯上，汪汪汪地叫着，同时盯着卡捷琳娜看：

"别打扰我！我知道自己在干什么！请把顶层的门打开。我是说，请拉开！"

卡捷琳娜跑在我的后面：

"小偷！当然有小偷！"库齐这样拼命地叫着

"在哪里？"

"在顶层。爬到了那个无人走动的地方，好在夜里对我们行窃、抢劫、杀人……"

"这些蠢话你就别说了啦，卡捷琳娜！"我试图安慰她。

"蠢话！"她生气了，"难道我没有梦到过李子？我一梦见李子，灾难一定会有。"

"他们怎么能爬到那里去，那里只有一个小天窗，连猫也无法爬进去！"

"但是李子呢？我是说，我梦见过李子！"卡捷琳娜大婶说道。

请你去向她解释吧！我拿起一支蜡烛，然后就走了。库齐叫得有些反常。我把顶层的门打开，狗一头钻进去，立即在那里的干草中消失了。我跟在它的后面。

"卡捷琳娜！卡捷琳娜，快把克里西娅叫来！你自己也来！"

"我又要给婴儿起名字啦！"

"克里西娅，克里西娅，快点！……"

一共有三只小猫：一只是白的，两只都是棕色。

不管是谁见了它们，都会马上赞同：欧罗巴·小可爱，对这只母猫来说，这是最恰当的名字！它就是这样一位可爱的妈妈。

"多美呀！"克里西娅赞美道。

它们已经能看见东西了！它们的小眼睛是蓝莹莹的，和蓝色的宝石一样！罗巴，你的孩子太美啦！就跟画似的！"卡捷琳娜随声附和。

你们看看，连卡捷琳娜也对母猫的名字表示赞同。只是按自己的方式把"欧罗巴"缩短为"罗巴"而已。

"你怎么不夸奖小猫？要是别人不夸奖它们，母猫就会把它们抛弃的！"她提醒我。

我又是夸奖又是称赞。但是最高兴的还是库齐。它高兴得只知道叫唤，又是舔母猫，又是闻小猫。

"它们可爱吗？"欧罗巴呼噜呼噜地说，一会儿向我们这儿看看，一会儿向库齐瞧一瞧。

"但是你的那些小偷在哪里？"我问卡捷琳娜。

"我之所以梦见李子，也许是因为库齐吃了我的蛋糕……"

"但是它找到了欧罗巴！"克里西娅替狗打抱不平。

"那就算啦，库齐过来，"卡捷琳娜表示同意并摸摸小狗。

"呜拉！欧罗巴找到啦！找到欧罗巴啦！"这是库齐对她的回答。它将尾巴弯曲着，一会儿向母猫跑去，一会儿向卡捷琳娜跑去，然后就跑回厨房。

欧罗巴和它的孩子们留在顶层。

显然，卡捷琳娜大婶很了解猫，可能我们的欧罗巴妈妈非常爱面子：只要我一天不去顶层探望，欧罗巴就会在我的身旁出现。它把一只小猫叼到桌上，放在我的面前。

"你看，很漂亮吧？"它呼噜呼噜地说。

"咪咪，小咪咪！小猫真漂亮！"我回答。

欧罗巴骄傲地看着我，叼着吱吱叫唤的孩子，回顶层了。

一天清晨，我们都在厨房里坐着，欧罗巴走了进来。发着呼噜呼噜的声音，一边叫喊，一边四处张望。

"叔叔，叔叔，你瞧！"克里西娅叫我。

"它把孩子全都带到厨房里来啦！"卡捷琳娜说完，就好奇地将双手摊开。

第一个出现的是白猫。其余两只在它的后面跟着。欧罗巴用自己的身子蹭蹭卡捷琳娜大婶的脚，不断地拍她的马屁。

"请给我的孩子们一些牛奶。它们已经很大啦，我自己已经不能养活它们！"

欧罗巴的孩子们就这样来到了世界上。

我们的狗对待小猫都很亲热。关怀备至的恰帕，甚至耐心地给它们洗澡。不过，有一次它和它们之间也产生过一个不大不小的误会。两只棕色的小猫把放马铃薯皮的篮子占领了——这是恰帕午休时最喜欢待的地方。

恰帕先试图向小猫说明，它们爬进的是别人的领地。

"对不起，这是我的篮子！"它卷着尾巴，对它们进行劝说。

劝说无效：猫崽们在篮子里来回跑，玩捉迷藏的游戏，非常高兴。

"那么，请原谅！"恰帕又说了一遍，然后不管三七二十一，就试着往篮子里爬。

它在篮子的边上坐着，小猫也无所谓，然后往里坐进去一些，再进去，再进去……占据了整个篮子。猫崽呼哧一声，一下子跳到箱子上。

恰帕压根就没有兴致在篮子里躺着。它嘟哝着：

"不管世上有多少趣事，我还是要在这里躺着！"

碰巧，在这时，不知库齐从哪儿叼来一根陈旧得发白的骨头，正啃着它解闷。

"库齐，库齐，把骨头给我吧！"恰帕请求道。它双眼睁得大大的：他实在喜欢这块骨头。突然有样东西把它前额弄得痒痒的。它抖动一下身子，什么也没发现。又有一样东西在刺激它，使它感到痒。

"可能是讨厌的苍蝇！"恰帕想，接着又抖动一下，眼睛还是盯着骨头看，而且库齐已经在院子里开始滚动骨头，并把它扔到附近，很明显这是在邀请它参与这场游戏。

突然，恰帕被抓了一下，一阵疼痛袭来，于是它跳了起来。箱子开始摇动。有一个很尖的东西刺入恰帕的头部。

痛得小狗哇哇乱叫。

"哎哟，哎哟！好痛啊！猫！掐我！"它一面叫一面拼命逃跑。

"离欧罗巴的孩子远点！"库齐对它挑逗道。

从此，猫崽就把恰帕的篮子完全控制了。

有一次，欧罗巴全家在院子里玩。猫妈妈跟平常一样，躺在板棚顶上。天气很暖和。它在打瞌睡，只是偶尔睁开一只眼，瞧瞧周围的情况。狗都在睡觉。恰帕将四肢伸了伸，突然急剧抖动，断断续续地说着梦话。

它梦见自己在追赶一只野兔。

忽然，一条狗出现在门口，一条完全陌生的狗。它瞥了一眼院内，马上又藏到围墙外。然后，它从角落里把头探了出来，还是不敢向前迈步。

来做客的正派狗从没有这样的表现。

终于，陌生狗像小偷一样，偷偷摸摸地溜进了院子里。它踮着脚趾像狼一样行走。它夹着尾巴东瞧瞧，西望望，看见一只装有鸭饲料的桶，喝了一口，转过头看了看，又喝了一口。它又伸长鼻子，嗅了很久。

它皱着眉头左顾右盼，接着开始偷偷地向狗食钵靠近，来到最小的一只跟前。正好碰到白猫崽去喝牛奶。

外来狗张开血盆大口，再过一秒钟，它就会向小猫身上扑去！

欧罗巴一个跳跃就骑到了它的脖子上。但是这条狗很大，很强壮，而且很饥饿，所以它准备拼命了。

它感到欧罗巴的脚趾已经把它抓住，双眼因受重击而发花，于是，它向上一蹿，四肢朝天着跌倒在地，猫被压在下面。接着，它就翻过身来，用它那令人害怕的牙齿咬了欧罗巴一口。

欧罗巴惨叫一声。

所有的狗都过来营救。当然外来狗把猫放了，进行自卫，因为图皮已经骑在它的头上，它的肚子被库齐撕咬，恰帕咬住它的腰部不松口，而阿穆尔掐住它的脖子。

欧罗巴艰难地从地上起来，凄惨地叫着，呼唤着自己的孩子们。

"天哪！那里发生了什么？"卡捷琳娜叫了一声。

我们大家都跑到了院子里。

"咪咪，罗巴！你怎么啦？"卡捷琳娜大婶哭着向欧罗巴询问。

我把猫崽抱过来，欧罗巴用自己的身子将它们护住了。它艰难而沉重地抬起了头，舔着自己的孩子们，然后，它就垂下了头……

但是，不要以为欧罗巴因为自己的勇敢行为而牺牲了。它病了很长时间。不过，现在已经和以前一样，又睡在板棚上了。

十、猫士兵

这只神秘的公猫是从哪里来的，谁都不知道。

它出现在我们的院子里，很出人意料。看来它是通过花园的便门进来的。从他刚走的几步路就可以证实，它是一只极有教养的猫，风度文雅，生来就懂得规矩。

那就请您评判吧。这时，我们的母猫伊姆卡正在板棚顶上打瞌睡。公猫穆尔雷卡来到院里后，伊姆卡将一只眼睛微微睁开，不太客气地看了看这位不速之客。正如你们所了解的，我们的母猫性格特别乖僻，不喜欢随便与人结交。它在原地待着不动，甚至不愿睁开另一只眼睛，只是在远处观望着，看这陌生猫如何表现。

穆尔雷卡发现伊姆卡后，就弓起腰来，显得彬彬有礼，几次优雅地将尾巴翘起，向这位女主人喵呜了几句很有礼貌的话。很显然，这些恭维性的猫语非常有效，因为伊姆卡站了起来，伸个懒腰，温柔地叫道："喵呜！喵呜！"将毛茸茸的尾巴从左到右地摆动一下，然后就开始努力清洗自己的左后爪。

正是用这种方法，它向穆尔雷卡清楚地表明了，它完全把它当自己人对待，它的到来没给它带来任何烦恼。

巴尔博斯狗图皮朝着穆尔雷卡走去。若是别的不太有教养的公猫，很可能马上把身体弯成马蹄状，将尾巴竖起来——让狗瞧瞧它在准备自卫。但是穆尔雷卡却一动不动。"我是一只正派猫！"它镇定自若地对图皮说，"我没有隐瞒什么。请吧！"

接着，它就让狗嗅它，一直从鼻尖嗅到尾梢。

现在狐狗恰帕的态度决定了一切。它正在晒着太阳睡觉。但是它只要一见到公猫，就微微睁开一只眼睛。

如果现在恰帕突然扑向穆尔雷卡——那就再见啦，公猫！须知，图皮也会不由自主地向它冲去，这纯粹是出于狗共有的责任心，对吗？

但是，恰帕因为吃得很饱，所以很懒，不想动。

"这算是什么公猫？"它睡眼惺忪地问图皮了一声。

"公猫就是公猫，还能像什么……也许是伊姆卡的客人！"图皮向他汇报。

恰帕防御性地稍微抬了一下上嘴唇，把它的巨齿露了露。

穆尔雷卡很坚信，做出害怕的姿态才能显得有礼貌。于是，它假装做出准备随时跳墙的姿势。

"表现不错！"恰帕很放心地把身翻了过去。

穆尔雷卡就这样解决了院子里所有的问题。还有屋内的问题需要它处理，即处理我们人的问题。

公猫彬彬有礼地把半截尾巴翘起来，步履稳健、镇定自若地朝厨房走去。那里空无一人。它继续前进，走进房间。

它在门口停顿一下，彬彬有礼地喵呜一声：

"中午好！您好！"还没得到邀请，它就自己走向安乐椅。

但是，不要以为穆尔雷卡会厚着脸皮，往坐垫上一躺就睡着了。事情完全不是这样！公猫像做客一样，规规矩矩地坐下，卷起半截尾巴，看看我，再看看克里西娅，然后开始说话：

"尊敬的主人们，请允许我占用你们一点时间，我来介绍一下我自己的情况。我来自……"

于是它就开始一桩桩、一件件地讲了起来！我完全确定，它是对我们讲述生活中所发的事情，毫无疑问，它的生活一定很精彩。

因为自己不懂猫语，我经常感到很遗憾。如果我能把我们从穆尔雷卡处听到的话，逐词逐句地转达给你们，那该多好啊！唉！我帮不上什么，尽管我很想这样做。唉，我也不能向穆尔雷卡表白，我很同情它。诚然，我不时地点头，但不能确定，是否都点在必要之处。

显然，穆尔雷卡也觉得这种点头有些不对劲儿，所以有时它把自己的谈话中断，凝视着我们，好像在问："您对此有什么想法吗？不寻常，对吗？"

于是，我和克里西娅就装成非常吃惊、非常感兴趣的样子。

这样，公猫就得到了安慰。因此它又继续往下讲，而且对我们非常满意。

但是，尽管只能听懂穆尔雷卡的只言片语，但我们还是发现，这只公猫的生活既不幸福，也不安定。穆尔雷卡身上的毛被一块块地扯去，皮肤露了出来，耳朵被抓伤……而尾巴！尾巴最好还是别提了！这可怜的一截尾巴，不比火柴长多少。回忆往日那条美丽的猫尾巴，显然是一件心痛的事！

看来，穆尔雷卡确实认为我们是一群很棒的听众，富有同情心，反应灵敏，别人比不了，因为从此以后，它每天都要来拜访我们，有时甚至一天来几次。最奇怪的是，对于我们这里的任何东西，它根本不想吃！没错，它也喝些牛奶，但一点胃口也没有，纯粹是出于礼节，为了不使我们感到难受。

"请你们不要担心我！"它请求道，"我仅仅是为了你们而来，不是为了什么好吃的东西，知道吗？我想和你们聊聊天。与可爱的人交谈常常让我感到很愉快。"

聊聊天，说说话。猫在一般情况下都爱说话。而我们的穆尔雷卡，是我从未见过的最爱说话的猫！

但是，不要以为穆尔雷卡很令人讨厌。不，它懂得分寸，风度极佳。它很快就知道了：我写作时不愿意说话。于是，它就一句话也不说。

它在离我写字台不远的地方待着，假装打瞌睡。但是，只要看它一眼——它就立刻起身，打着哈欠伸伸懒腰，又坐下来，卷起尾巴，开始说话：

"正好，我想对你说……"

然后，它就一直讲到它肯定我在忙于其他事务为止，因为对它的故事，我不作任何反应。这时，它往往会去克里西娅那里。她会和它一起做好多稀奇古怪的事。给它穿上小连衣裙，让它坐在小车上，在各个房间里拉来拉去，像婴儿一样的把它裹在襁褓里，再放在小车上。穆尔雷卡任凭她对自己做什么动作，只要能使她满意。

有一次，公猫跳到了纸篓里面。纸篓翻了过来，把它的身体罩住了，于是穆尔雷卡急得满屋子乱跑，把我们逗得开心了好一阵子。穆尔雷卡把这件事记住了。当它想逗我们开心时，它就把自己的身体用纸篓罩住，带着它，在屋子里蹦蹦跳跳，做着搞笑的动作。

"笑，笑啊！"它号召我们，"我把纸篓套在了自己的身上，目的就是要逗你们开心！"

它蹦了一阵以后，跳出了篓子，坐到自己非常喜爱的安乐椅上，开始梳洗。这时，我们当中就会有人装出无动于衷的样子问：

"怎么回事，就这么一点，穆尔雷卡？"

公猫赶快停止梳洗，端端正正地坐好，把尾巴转动了一下，开始说：

"如果你们对此真的感兴趣，我就说给你们听。请听！"

于是，它的话匣子就打开了。

您瞧，我们神秘的穆尔雷卡，是多么奇怪的一只大公猫啊！

秋天、冬天、春天都已过去……夏天，有位女士来我家做客。她不年轻，也不漂亮。但是，她有一颗金子般的心。她对整个世界充满热情，而且写过一些有关热爱动物的学术性的书。她用华丽的辞藻劝说自己的读者，希望他们像爱亲兄弟一样爱所有的动物，不只要这样，还要爱全体活物。

好，很好！对吗？

但是，我们的图皮，这条全世界最善良的狗，却经常对这位全体活物的亲姐妹露牙齿！而不知何故，狐狗恰帕居然咬伤了她的腿！为什么？因为这位伟大的动物爱好者，害怕狗就像害怕鼠疫一样！

显然，她确实想对动物贡献一份爱。所以她才用美丽和深奥的辞藻来论述为什么要热爱所有活物。可叹的是，她自己却不善于用朴实、真诚的方式，即真真正正的用对待人的方式对待动物。所以，狗才会咬她这可怜的人。

正是因为这个原因，她和穆尔雷卡之间发生了一件很不愉快的事，很长时间，我们中断了友好往来。

这位女士从早到晚地弹钢琴。这对我们无妨。就让她自己去弹吧！但是，穆尔雷卡非常有意见。因为这么长时间的喧闹妨碍它说话！

起初，它跟在我们身后走来走去，竭尽全力来说服我们：这种音乐一点用处也没有。当然，它没有得到我们的支持。

于是，它就试图凭自己的能力，来向我们的女客人解释清楚：对于乱弹琴，谁都不喜欢。

它待在钢琴上，使劲的大声喊！

那位动物爱好者也对猫的演唱表示反对。

就这样，她（它）们之间出现了问题。总之，穆尔雷卡把她的手抓痛了。

这是一件大事！好像猫之所以长爪子，就是为了抓人。搽点碘酒不就得啦！但是，跟她能解释清楚吗？来历不明的猫！流浪猫！疯猫！

所说的一切，都是我们的穆尔雷卡！

女士认为，穆尔雷卡必须去看医生，必须送检！

我们只好答应她，允许她这样做。我有什么法子？但是，说容易办起来难，因为穆尔雷卡失踪了，完全消失了！我们谁都不知道去哪里找它。

过了一个月，钢琴鸦雀无声。一天白天，我们和克里西娅在露台上坐着，突然听到：

"喵呜！是我！"

我回头一看——穆尔雷卡！它从容地向我们走来，神情庄重，翘着尾巴，在克里西娅身边坐下，把身子挺直了，开始讲话：

"这令人讨厌的声音终于停止了，又可以安静地交谈了！从我们分手以后，发生了许多事情，真不知道从何说起。是这样的……"

接着，它就给我们讲述自己孤身一人长途旅行的故事。我们后来才打听到它在哪里。但是，非常遗憾，并非从我们穆尔雷卡口中知道的。

正如我之前跟你们说过的，我掌握的猫语有限。我永远因为这个感到遗憾！这严重阻碍了我与最可爱的公猫及母猫的交往。

忘了是因为什么原因，我需要去兵营。到了那里，一进院子就听见：

"喵呜，喵呜！你好吗？"

我以自己的脑袋担保，这个叫声是我们穆尔雷卡的！我环顾四周，发现在院子里，有几条无事闲逛的狗，有大的、小的，有毛茸茸的、光滑的，但没有一点猫的气味。

突然，又传来温柔而亲切的叫声："喵呜！喵呜！"

很显然，这次的叫声来自上面的某处。我看了看树上——一只猫也没有。然后看看屋顶，那还用说？正是它，我们的穆尔雷卡！它正在屋檐上待着！它看着我，向我露出亲切的微笑：

"这里，我在这里！你来拜访我们，太好啦！"

"走，老伙伴，我们好好谈谈！"我邀请它。

但是穆尔雷卡还是不想从房上下来。它沿着屋檐向前走，不停地回头看我，一边走一边说：

"在我们院子里，闲逛的狗太多啦。你明白吗？要知道，其中还有纯种的巴尔博斯狗呐！要是遇上它们，什么事都可能发生。我们在屋顶上就很安全啦。但是，请你一直向前走！我马上就下去找你。"

果然，过了一会儿，穆尔雷卡就跳到了地上。它用身体蹭了我一下，然后又一下。半截尾巴翘得好像一支蜡烛。它步态优雅，蜿蜒前进，一会儿向右，一会儿向左，然后借助后腿，向上一蹿，赶到了我的前面。我明白这是对我最隆重的接待。

它走进敞开着的厨房门，用猫语叫了一声，就跳到了桌子上。

克列普卡在桌旁坐着。

克列普卡的鼻尖上戴着一副眼镜，在他面前，摊开着一本大书，他的一只手指在上面来回移动。不难猜出，他正在做着某项会计工作。不能打扰他。

他对公猫厉声喝道：

"闭嘴！"

但是穆尔雷卡不听指挥。它用一种特殊的、我们从未听过的嗓音，又叫了一声。

克列普卡立刻回过头来，这才发现了我。

"如果不是拜布克向我报告，说您来了，还不会发现您呢！我现在专心致志——连大炮也轰不醒！"他伸过手来对我说。

我很久没有和克列普卡见面了，显然，我们有很多话要说。

在我们交谈的时候，穆尔雷卡在桌上散步，满意地摆动着尾巴。

"你们谈谈，谈谈！"它劝道，"对于愉快的社交活动，我很喜欢！"

突然，克列普卡用很有威胁性的目光透过镜片看了看公猫。看上去，他不是很高兴。

"拜布克！立正！"他命令道。

那还能说什么？突然，穆尔雷卡显得目瞪口呆，瞪着双眼，看着自己的主人，在那里站着一动不动。

"敬礼！"克列普卡一声命令。

穆尔雷卡立刻用后腿站了起来——直立不动，与狗抬起前腿要东西的姿势一样，但它用右前爪碰了一下前额，敬了个军礼。"稍息！"一声令下。

公猫四肢着地，但是目光依旧没有离开克列普卡。"向后转，齐步走！"老厨师命令道。我的穆尔雷卡在原地转过身去，向前走了几步，在桌边停了下来，

看了看我。真的，只见它狡猾地递给我一个眼色。

"怎么样，还有什么可说的？这样的猫你见得多吗？"它明明是在问我。

我兴奋得无言以对。我用崇敬的目光看着我们可爱又温柔的穆尔雷卡。

意思就是，它不属于世上不可胜数的那种普通的、一般的、多嘴多舌的公猫。这是一位猫士兵！是啊，我一生中从未见过这样学有所成的猫！

我把这些想法告诉克列普卡。他露出满意的微笑，把眼镜摘下来，放在桌上，继续和我闲聊。突然，他叫了一声：

"拜布克，我的眼镜在哪里？"

穆尔雷卡立刻就到了。

"在这里！在这里！"它回答着。

"拿来！"克列普卡说。

你们想一下，公猫用牙齿叼着连接两块镜片的镜弓，小心翼翼地爬到克列普卡的膝盖上，轻轻把眼镜放下！

老头拿起眼镜，温柔地摸了一下公猫的脑袋。

"聪明的猫，"他说，"只是在家里待着无聊，喜欢到处串门。对啊，说实话，我一点也不觉得奇怪。我忙的时候，它太寂寞啦！"

我把我们和穆尔雷卡相识的过程告诉给了克列普卡。还谈到它是怎样在我们那里消失了整整一个月，克列普卡笑了。

"这正是我无法解开的谜，"他说，"所以，我们的拜布克忽然想到跟着军乐团出去大演习！它从来没有这样做过。"

"看来，对于吹奏乐，它还是比较喜欢的，但是不喜欢钢琴！"我发现穆尔雷卡突然在桌子的另一端说道：

"喵呜！喵呜！"

"嗯！又多嘴？"克列普卡阻止公猫说话，"在队伍里不许讲话！？"

穆尔雷卡立刻沉默下来，跟嘴里吸了一口水似的，一直到我访问结束时，它一句话也没说。

不难猜想，穆尔雷卡为什么要到我们那里去做客。"住嘴！"——对于这样爱讲话的猫来说，这实在是一种折磨，对吗？

当然，我想叫拜布克给克里西娅表演一下。当穆尔雷卡第一次来到我家时，我的样子装得很严肃，命令道：

"拜布克，立正！"

一下子，我就名誉扫地！公猫以惊奇的目光看看我，好像想说：

"什么？居然你也这样？亏你想得出来！看在上帝的份上，让我安静一下！"

它对我的指挥根本不听从，十分从容地躺到克里西娅的膝上。

"对你们来说，我是穆尔雷卡，请把这一点记住，拜布克在放假，还是聊聊天为好。与好人交谈是如此的愉快……"

于是，它就开始讲述自己的故事。其实我们可爱的多嘴朋友做得一点也没错。

须知，它仅仅能够以穆尔雷卡的身份在我们这里待着，对吗？

但是，克里西娅绝对想看猫的表演。于是，我们有一天就到兵营去。

拜布克在那里是个真正的拜布克！又是敬礼，又是齐步走。按照口令叫喊，按照口令保持沉默。向右转，向左转，甚至还会敲一下鼓！用爪子在克列普卡放在它面前的铅皮桶底上敲打。

我敢打赌，如果你们看到这种有本领的猫，你们肯定会惊讶得目瞪口呆！克里西娅兴奋得尖声叫喊。

"但是，我会永远称穆尔雷卡为穆尔雷卡，"看完猫表演之后，克里西娅对我说。"这样可以吗，穆尔雷卡？"她问猫。

但是穆尔雷卡以"喵呜"来回答，显得非常高兴。从此以后，这只公猫对我们来说永远是穆尔雷卡，而且仅仅有这个名字，并且，我们也没有要求过它给我们表演它在服兵役时学会的那些把戏。

然而，请不要以为拜布克不喜欢做拜布克。只要看到它脸上有自豪和满意的神情，那肯定是它受到了表扬！

"你们喜欢吗？不用说了！奇迹，是吗？"

在它情绪好的时候，它自己会主动请求克列普卡，让他发出一个又一个的命令，或者不知缘由地跳起来敬礼。绝妙的一只公猫！

我盘问克列普卡是用什么方法让拜布克成了世界上的第九大奇迹。不是吗？教一只公猫学会做动作，而且又是难度这样大的——这非常不简单。大家知道猫总喜欢做它自己喜欢做的事，对别人喜欢的东西漠不关心。

"这只公猫很聪明，只是这样！"克列普卡回答我，"我每天只有在吃东西的时候才和它交谈，就这样，它学会了理解我的话。此外，用善良和温柔就能教兔子学会抽烟！"老厨师笑了笑，以很严肃的口气问穆尔雷卡，"拜布克，将来你会抽烟吗？"

"喵呜！喵呜！"公猫表示同意。

这个话题就暂且到此吧。但是，我相信，只要克列普卡想做就能发生这样的事，总有一天，我们可爱的穆尔雷卡会突然中断自己的叙述，对我说：

"顺便问一下，你没有香烟吧？否则，我很愿意吸上一大口！"

要知道，克列普卡与普普通通的人不一样，他是克列普卡！像他那样了解动物的人很少。此外，他的眼睛有点斜视，因此，只要他一看，就能将事物的两个方面看清：好的一面和坏的一面，所以他从不发脾气。

他性格开朗，喜欢笑，待人亲切。微笑与诚挚的交谈可以带来许许多多的收获。

是啊，克列普卡有一颗纯洁的、金子般的心。我要对你们说的就是这个！因为我很了解克列普卡！

克列普卡作为自愿兵入伍时，他已经长有浓浓的胡须。从前他干什么工作，关于这一点，他从没有提起过。仅仅依靠猜想就可得知，他到过世界各地，走过许多弯路。

他到过哪里？我不知道。克列普卡对自己的事从来不提，不像有些人，还没问他就一五一十地全部说出来了：出生在哪里呀，在哪里上过学呀，在哪座城市工作过呀。而且，还担心在自己的叙述中漏掉一个细节。

对，克列普卡不是这样的人。比如说，他发现一个新兵非常摆架子，狂妄自大，似乎在战争中度过了一生，于是，就对他说：

"嗨，你呀，野鸡，野鸡！该注意啦，可别让自己像红额金翅雀那样，把自己想象成一只大象！"说着，他就哈哈大笑起来。

"这是怎么了，克列普卡？"有人问他。

克列普卡拿着自己的短烟斗吸了一口烟，吐了一口唾沫，然后把嘴唇擦干说：

"是这样的。有一次，大象请红额金翅雀吃饭。大象准备了各种各样的菜，它从火炉上把沙锅端下来，等着。"

"啊，好大一口沙锅，是吗？"

"对于大象来说，这正合适。但是沙锅没装满：大象怕烧开后饭会溢出来。红额金翅雀飞了过来。它跟大象问了声好，眼睛盯着沙锅看，叫个不停。大象请它入座。红额金翅雀在沙锅周围飞来飞去，不敢闯入沙锅——对它来说，这太深了，懂吗？这点被大象发现了，摇了摇头，想了一下，把一只脚伸进沙锅，熬好的汤菜就溢了出来，流到了地面上。红额金翅雀就开始啄食。吃饱以后，按照规矩表示了感谢！然后，它对大象说：'请您明天去我那里吃午饭。我想对您的款待表示答谢。'大象接受了邀请。

"红额金翅雀飞回家，告诉妻子：怎么样，怎么样。它说大象明天来家吃午饭。雌红额金翅雀哭了起来。'我拿什么来招待它？'它问。红额金翅雀叫它不要出声。它说：'我在大象那里学会了如何招待客人。你有多少东西就准备多少，然后端到桌子上，别的事都由我来张罗。'就这样说好了。雌红额金翅雀把一核桃壳的蠕虫煮好了，等着客人来。大象来了。它看着这只核桃壳，不知道该怎么吃。而红额金翅雀用尽了全身的力气，把一只脚伸进壳内，对大象说：'吃吧，兄弟，不要客气！'大象吹起自己的长鼻子，回家去了。

"从此以后，所有的野生动物都嘲笑红额金翅雀。看看，还想和大象比呢！明白吗？"克列普卡问道，并目光温和地看看大家。

"您是从哪儿知道这个故事的？"我问他。

但是克列普卡却不动声色地说：

"我曾经乘坐一艘轮船，行走在一条小河上，那里的每个小孩都知道这个故事！"

"那是在什么地方？"我追问。

克列普卡对我讲了一个地方：最好别到学校的地图里去寻找这个地方。我只知道一点：那是在非洲某处的密林中。

记得还有一次，在前线的战士们议论纷纷，说在土洞附近，开辟的一处小菜园挺不错。但是，他们都没有立即行动，都在争论该种什么，但总是不能确定。有一次，我问克列普卡，菜园的事怎么样啦。

"就像猴屋一样。"他笑着回答。

"还有猴屋吗？"

克列普卡微微一笑，说道：

"中尉先生，要是您允许的话，那么我就说啦，这是一只小的猴子。

可以说它是一只猴崽。它独自一人待在树枝上打喷嚏。它觉得头痛。阿嚏，阿嚏，它自认为世界上一切事都乱七八糟，无论如何也不能把它的来龙去脉搞清。譬如，如果水在下面，那么在里面洗澡倒是一件好事。头也不会痛，也不会打一个喷嚏。而如果水从上面落下来，那么就没有什么开心可言啦。那又会头痛，又会打喷嚏！您听明白了吗，中尉先生？这只小猴子从一根树枝跃到另一根树枝上，躲躲藏藏。雨还是没有要停的意思，周围的一切变得越来越潮湿。但是，世上的一切都是会有尽头的，暴雨终于停了下来。小猴子出去玩耍，看见一只乌龟在爬行。

"小猴问它：'为什么水是从上面流下来？'乌龟解释道，这是雨。猴子说：'有什么办法能够让这个雨不落下来，这样就不打喷嚏，头也不痛？''给自己造一间房子，'乌龟回答。它问房子是什么？于是，乌龟就给它清清楚楚地讲解。猴子非常高兴。它说：'的确，你比所有的动物都聪明！我把从你这里听到的全部讲给我的亲人们听，也许我们也会有房子的！'它们分道扬镳。猴子回到自己人身边，告诉大家从乌龟那里听来的事。猴子们大叫起来！明天就开始造房子！第二天，它们集合在一起开始商议。一只猴子想在这里造，另一只想在那里造！一个说用树枝造，另一个说用树叶造。它们争论不休，不知不觉的，旱季已经过去，雨又重新开始下起来了。它们的后脖颈又被淋湿。它们又开始打喷嚏了。头又开始痛了。雨刚过去，猴子们就出去游玩。它们碰到了乌龟。乌龟问它们：'怎么样，你们有房子啦？'

"一年前遇见它的那只猴子突然打了个喷嚏！乌龟立即猜出来了，猴子们还是没有房子。'你们争争吵吵的过了整整一年，'它说，'但是工作却还没有开始！你们不但会吵上一两年，而且还会吵上两千年，到那个时候，房子还是没有造起来！猴子们，你们也就适合争吵，不适合工作！'说完，它就朝自己的路走去了。乌龟是正确的，因为直到现在，它还没有房子！"

我问克列普卡，这个故事他是从哪里知道的。但是克列普卡慢慢地吸着自己的烟斗，一只手捋着胡子说：

"我在亚马逊河上漂游的时候，是和我一起的一个人对我讲的。"

我还是没能从克列普卡那里了解到更多的东西。

在我穷追不舍的追问下，他只是挥挥手，微微笑着，慢吞吞地说：

"是啊，我周游过整个世界……人到垂暮之年，就应当把波兰给的东西——生命，奉献给她。我想把自己的遗体留在这里，留在祖国。中尉先生，坦白地跟您讲吧，我厌倦透了这种流浪生活！"

我非常喜欢听克列普卡讲故事。他自己也喜欢讲，只是从来没有谈论过自己。

他这个人非常爱讲话，这不用隐瞒！我甚至这样认为：他和公猫就像是镰刀碰上石头，针锋相对。不就是因为要把所有的心里话说出来，穆尔雷卡才东跑西跑到处串门吗？因为当两个喜欢讲话的人聚在一块时，总会有一个要保持沉默——另一个不让它开口讲话，对吗？

有一段时间，穆尔雷卡没在我们院子里露面。我并没有感到很伤心。但是克里西娅则感到非常不安。她很肯定，可能是公猫因某种原因生我们的气，也可能是找到了另一个家，在那里，它受到的待遇比在我们这里的好。

有一次，在市场上，我遇见了克列普卡，问起关于拜布克的事。

"不知道我的野鸡飞到哪里去了！"他说，"唯一担心的是它有不测。拜布克确实很熟悉军事知识。对于早点名缺席的事，在它身上从未发生过！……"

我不该告诉克里西娅这次谈话的内容。她立刻泪如泉涌！不得了！

从那以后，她一天要往兵营跑几次。她在那里和克列普卡谈论公猫可能会发生什么事。

克里西娅每次从那里回来，总是悲悲切切的。眼睛哭肿了，鼻子亮晶晶的，和小灯笼一样。她说，这是因为感冒。其实天气很热，好像在浴室里，阳光火辣辣的。很明显，这叫做穆尔雷卡感冒症。

大约过了两周，也许更长一些。

有一次，我和克里西娅在露台上坐着，突然有样东西落在我们桌上——是穆尔雷卡！

但是，在克里西娅马上要碰到它的时候，公猫就用嘶哑的嗓音叫了一声，然后又消失了。穆尔雷卡的半截尾巴在我们眼前闪了一下，就从爬满葡萄藤的围墙蹿了过去。

克里西娅手捧帽子，紧随着公猫追去。我在她的后面跟着，我们一直跑到兵营。走进大门时，只见猫尾巴尖在屋顶上闪了一下。我们立刻来到了厨房。当我们进去的时候，正看见拜布克跳上克列普卡的膝盖。

我无法保证，但我感觉得到，这种炎热老厨师也无法忍受，并且也在这一天患了感冒。不知何故，他的眼睛闪动的很奇怪。当他以严厉的，甚至可以说是非常严厉的语气叫公猫时，他的声音叫起来极其陌生：

"你去哪儿啦，野鸡?"

然而"野鸡"用两条后腿站立起来，用鼻子碰了几下克列普卡满是胡子的下巴。

可想而知，它站起来是要"立正"，"敬礼"。从来没有见过它做得这么认真！

克列普卡笑得前俯后仰。他没有发出"向后转开步走"的命令，而是将公猫抱起来，把它揣在自己的怀里，揣得很深，只有穆尔雷卡的脑袋在外面露着。

"事情是这样的……"穆尔雷卡开始陈述。很快，它就讲完了，讲得很急，所以显得结结巴巴。

我已经多次提过，我因不懂猫语而感到难过。

对于它的话，我一点也听不懂。然而，克列普卡看来好像比我懂。否则他为什么笑得那样开心，而且，还在最意外的地方点头呢？我问克列普卡："您能听懂猫讲的内容吗?""不需要听懂，"老头告诉我，"一切都会不言而喻！"不言而喻！公猫向我全盘托出了所有的事。它认为，我们既然了解了一切，那么就该行动了。

它从克列普卡怀中爬出来，跳到了地板上，对着我们叫了一声：

"请不要担心我！我一会儿就回来！"然后，就不知道它到哪里去了。

大约十五分钟以后。

传来了猫的叫声。

穆尔雷卡进来了。

而在它的后面，跟着一只棕色母猫以及跟三只黑孩子似的小不点儿——黑猫崽，战战兢兢地走着。

我们大家都笑得前仰后合！克列普卡双手一摊说：

"野鸡，谁允许你结婚啦？"

拜布卡再次跳上桌子。它敬了个礼，就开始表演各种令人高兴的把戏，于是，克列普卡客气地款待了母猫一家子。

从这以后，兵团的厨房就成了猫的天下。

不用说，小穆尔雷卡们当然也成了我们家的常客。这些黑色小魔鬼简直跟我们为所欲为。其中一只最终永远留在我们家里。

我想，这是很顺理成章的。

顺便说一说：我本人从来就不相信这些黑色猫崽是我们穆尔雷卡的后代。我敢肯定，它在某处发现了这些孤苦伶仃的猫，并且把已经怀孕的，不幸的猫寡妇带到了兵团厨房。拜布克知道，克列普卡的心跟金子一样，而且坚信，他不会让这些可怜的猫活活饿死的。

十一、难兄难弟

让我们从头说起，好吗？世界上爱狗的人很多。他们养一条狗，甚至养两条。没什么人养得更多了，对吗？

这种人是一些普通的爱犬者。

说实话，我家里有一个真正的收容狗的场所。是一个狗客栈，是一座像样的狗城。

只要我在围墙附近的某个地方发现一条小狗崽，只要我一看到它那迷茫的小眼睛，只要它摇一下尾巴……我立刻就会感到，如果没有这条小狗，我就无法活下去。似乎正缺少这条小狗！

那么，你会马上怎么做呢？

我会把这个捡来的弃婴抱在手上，像上帝赐予的宝贝一样对待它，把它带回家，放在院子里。这样，它就是我的狗了！

人们经常描写人，而我却决定写狗。我十分喜欢狗。而且从某种程度上说，我对它们的了解比对人的了解还多。

那就请听一听两条狗崽的故事吧！要是你们感兴趣，那我有一个请求：请热爱你们马上要在文中读到的那些狗。我和我所收养的所有四条腿的孩子将会心存感激，并且记住你们。现在，我就开始讲述。

你们看，它对你侧目而视，样子是多么狡猾?!

它在讥笑我。

为什么?

事情是这样的。有一次，我家来了一个大婶。我发现在她的披肩下面，藏着一样东西。

"买下这条达克斯狗吧！"她建议我。

"达克斯狗？真的?"我问。

"货真价实的金刚钻！"她一边眉飞色舞地给我介绍，一边从披肩里把一条小狗取了出来，带有斑点！

这使我觉得有些奇怪：有生以来，还从来没有见过带斑点的达克斯狗。但是，另一方面，狗崽的腿是"8"字形，耳朵和牛蒡叶一样，而它的躯干却很长，长得使人非常吃惊。不知其身体的中间部位为什么不长出另两条腿——以便把它的肚子拖住？所以它那玫瑰色的小肚皮才拖到地上。

狗崽朝前迈了一步，又一步，然后，又倒退一步，坐在了地上，用自己纽扣似的蓝色小眼睛看着我。接着就打了个哈欠——又甜蜜又尽情！它站了起来，走到我跟前，一下子就爬到了我的膝盖上，它目不转睛地看着我。

我伸给它一只手，它舔了舔。

"这将会是一条忠诚的狗，很温顺。"大婶说。

但是，很明显，它的牙床在发痒——它一口将我的手指咬住，咬得相当有力，我甚至痛得叫起来。

在这种情况下，大婶也没有惊慌失措：

"这条狗很凶！它将会是一个很好的卫士！总之，是一条名副其实的达克斯狗！不但温顺而且凶狠！而且聪明得像人一样！买吗？"

"噢哟，亲爱的，"我说，"我这里已经很多啦！我再买下……"

"达克斯？真正的达克斯，不打算买吗?!"大婶气愤地问。

我皱了皱眉头。而大婶猛地将小狗拎了起来，把它拿在手上，摆弄来摆弄去！一会儿把它的爪子凑到我的眼前，让我看，一会儿让我看看尾巴，一会儿又让我看它的脸，一会儿又把它的两只耳朵凑到我的面前，晃来晃去，大夸特夸，赞美之词，不绝于耳！听她这么一说——连国王也没有比这更好的狗。最后，她问我："您真正有过达克斯狗吗？""没有。"我不好意思地承认。"那么，您就应该买下。买下——不就得啦。我把狗留给您，以后再来拿钱。"说完，她就走了。没有办法！我提起这条达克斯狗崽，放到院子里去。我找到了一个放过狗崽的篮子，放了一些麦秸在里面，铺上较软的破布，把新买的宝贝放在了里面，就打算走开。

怎么可以，想都不敢想！

我的狗崽拼命地叫喊。但是，只要我一回来——它马上就会安静下来。

"瞧你，"我想，"这就是纯种狗！非常顽皮！这都是正常的。"

我拿起篮子，把它放到了厨房里。在路上，我作出了决定，要给这种不普通的小狗取一个不普通的名字。

"可别称这样的小狗为'小朋友'或'小球'。我就叫它雷克斯吧——拉丁语意为'国王'。"

我的雷克斯到了厨房还不想安静。其实，它什么都要闻——看遍了所有的角落，甚至爬到了餐橱下面（我费了很大的劲才把它拖出来），似乎它已经对这里的环境习以为常了，但是，我刚想单独留下它——音乐会又重新开始！

我决定不屈服于它。你向东——我偏向西！我走出厨房，关上门。

狗崽又是哀嚎，又是尖叫，又是哭泣……最后，它终于睡着了，一直到傍晚它才醒来。

但是，夜里该怎么办！它不停地喊叫，我不得不把它放进房间里。

我想，现在，它总该让我入睡了吧。但是事情并非如此！睡足了的雷克斯只是想玩，于是，它在半夜里还东奔西跑，把我的鞋子扯破了，撕坏了沙发，只有在它跑了几步，一头撞在桌腿上的时候，它才安静下来。可能它认为在黑暗的房间里长途旅行并不安全。

从此以后，这个淘气鬼就完全把我控制了。我从未有过这样顽皮的狗！想怎么样就怎么样吧：是我自己不好，宠坏了它。常言说得好，它跟爷爷的鞭子一样，随心所欲。我原谅它，对它所做的一切都容忍了！

我的雷克斯，情绪一向很好，它的胃口也非常大。

它看不起我们这里其他的狗。它总是第一个爬向食钵，把最好吃的食物从它们口中夺过来，不允许任何狗靠近它的篮子——总而言之，就其表现而言，好像它是整个狗家族中最主要的成员。

它似乎在说："我雷克斯一来——就大功告成！而你们都是一群败类！"

当然，它多次因为这个而受到同伴的惩罚。每一次，它都叫喊着跑到我这里来诉说不幸。但是，难道我也要参与狗的争吵？那还了得！自高自大的人挨揍——这是自己找罪受！

因此，雷克斯的想法就是，最好不与任何狗打交道。它一般就躺在门栏上，眼睛看着街道。

有一次，我的雷克斯飞快地朝房间跑去，情绪非常激动。它在我的身边来回转，不停地叫唤，就像在满地飞奔。

"你怎么啦，雷克斯？"我问。它还是不停地围着我转：一会儿从房间里跑出来，一回儿又跑回来，一会儿又出去。

"跟你一起走，是吧？"我问它，并朝着门口迈了几步。

雷克斯几乎把自己的身体全都平贴在地板上，然后，一跃而起，一下子跳到了街上，又返回来，站定在门槛上，急得全身发抖，目不转睛地看着我。"快，快！"它叫道。

我走出门去。雷克斯一下子钻进树丛。我似乎听见有狗在尖叫、哀嗥。仔细一听，好像是两条狗的叫声，我等待着。过了一会儿，雷克斯从丁香树丛中爬了出来，接着，好像有一个彩色小球滚了出来。雷克斯一边催促，一边开导说：

"走，走，不要怕。这里的人很好，没有人会欺侮你！"它看看我，再回头看看惊慌失措的小花狗。

然后，它停在了门口，摇着尾巴，以我从未见过的温情脉脉的眼神凝视着我。

"这是我的新朋友，"它说，"我邀请它来做客。我们会对它很好的，对吗？"

我没表示反对，于是，雷克斯很快就把自己那胆怯的朋友说服了。

它们走进外屋。雷克斯在那里狠狠地咬了一下它的耳朵，这是因为新来的狗见到我伸出的手就向后退。

"要有礼貌！别丢我的脸！"它气愤地叫了一声。"要尊敬主人！要像一条有教养的狗一样！"雷克斯嘟嘟哝哝地说。它舔了一下我的手，高兴得又蹦又跳。

我不得不殷勤待客，因为不管怎么说，我们朋友的朋友也就是我的朋友！我请雷克斯的朋友喝"小碟牛奶。"雷克斯也嘴馋，但是应当还它个公道，它对牛奶碰都没碰一下。然而，它的朋友把碟子舔得干干净净——虽然没有洗刷过。

两个朋友走到院子里。雷克斯陪着客人参观最好玩的地方，让它看泔水盆，又看垃圾坑。甚至爬上家畜栏的小台阶，说服它去拜访拜访猪，因为在猪的食槽里，经常有一些剩下的好吃的东西。

一般说来，客人将会一直留在我们这里。

有人在无意中把这条狗叫做普采克，于是，我们就开始这样称呼它。

我从未见过类似于普采克和雷克斯之间的那种友谊：它们形影不离。

普采克住在院子里，不久，它的形影不离的朋友雷克斯也搬过去住。它再也不在门口躺着了，也不再向街上张望。

必须承认：雷克斯这个朋友很忠实，因此，我甚至还原谅了它原本不是一条纯种的达克斯狗。这并不重要——重要的是它有一颗真诚的心。

普采克出现后，又过了几天，一只笼子被运到了我们的院子里。那不是平常的笼子：没有盖子，只有用木条制成的栅栏。而且装在笼子里的东西，非同一般。

里面的东西放声大叫。从栅栏的缝隙里，伸出了一个个浅黄色的小脑袋，并束手无策地来回折腾。里面的东西张着红色大喙，诉说着自己被囚禁的生活。

不巧的是，家里一个人也没有，当然狗除外。老狗在远处待着，对这些拼命想冲出来的鸭子侧目而视，理都不理。都不想与这群爱唠叨的家伙纠缠在一起。

但是，雷克斯和普采克则对鸭子的不幸遭遇表示深深的同情。它俩蹲在笼子前面——放声大哭。特别是普采克，它天生就非常爱哭：无缘无故地就会哭诉！

雷克斯眼里满含泪水，对它说：

"兄弟！难道我们可以允许别人折磨如此可爱的小鸟吗？"

"不允许！"普采克哼了一声。

"那么，我们该怎么做？"雷克斯问。

"不……知……道！"普采克因为想不出办法而泣不成声，甚至号啕大哭。

"如果我们能把木条折断，会怎么样？"雷克斯建议道。

"折……断！那如何才能把它们折……断？"普采克总是哭诉。

"用牙齿！"雷克斯大声说。

"行，你折吧！"

"你自己折！"

普采克开始咬木条。噼啪，噼啪！一根被折断了！使劲一拉！你瞧，第二根也没了。小鸭子们全部冲出了笼子。普采克没看清这一幕，但是雷克斯都看清了。它停止了哭泣，而且它的一只眼睛甚至还带着笑意。这就不用说了！这些黄色的毛茸茸的小家伙运动起来真的很可笑！它们有趣地迈动着小爪子，急急忙忙地奔跑，好像一个个小球在滚动。嗯，有一只已经张开小翅膀，打算逃走。

"拦住，把它捉住，"雷克斯叫道，看着它们逃跑，它不能无动于衷，"普采克，从旁边绕过去！"

普采克像一枚炸弹一样，闯入鸭群。

"嘎，嘎，嘎！强盗来啦，救命啊！谁来救救我们！"鸭子们大声哭叫。

由于它们的翅膀已经很硬实，所以已经能飞离地面了，并且蹦蹦跳跳地，就像金黄色的小球一样，纷纷投向四面八方。

自然，大多数小鸭都向着受人尊敬的老母鸭发出叫声的地方奔去，这只老鸭正承担着教育这些外来鸭小姐的重任。

两条小狗在它们后面跟着。它们兴致勃勃地追赶着，不知不觉就来到家禽的院落，进入了鸡舍。

鸡舍！对于狗来说，这就意味着灾难，对于那些胆敢闯入母鸡王国的小狗来说，尤其如此！

聪明的老狗从来不向那里张望。为什么？体面的狗难道会吃麦或黍？

只有年少无知的狗崽会向四周伸鼻子，为了解闷，有时还会闯入禁区。

雷克斯进去过一两次。它没有找到任何值得放进嘴的东西，就不管不顾地把鸭子喝的水一饮而尽，好像院子里没水。实际上，要多少有多少！

但是，狗崽的本性就是这样：别人禁止的东西总是更甜美！

因此，雷克斯受到了惹不起的抱窝老母鸡雷苏哈重重的惩罚。

现在又来到了鸡舍里，雷克斯再次遇上时它痛恨得咬牙切齿的雷苏哈。

两条小狗已经把躲藏到角落里去的小鸭忘得干干净净了。

"哎，普采克，"雷克斯说，"你看到那脱了毛的掸子吗？"

"看见了，有什么事？"

"喜欢吗，啊？"

"好讨厌！"

"你知道它说你什么？"

"非常想知道！"

"好像说你怕它。"

"千万别碰上我!"

"它当着全院的人辱骂你。你要不信就去问恰帕!"

"我要给它一点颜色看看!"普采克一声不吭地朝着雷苏哈扑去。

抱窝的母鸡赶紧四处逃跑。

"什么,什么,什么?怎么,怎么,怎么?基采克,基采克!"

基采克是一只白色的公鸡,此时的它跟公爵一样,在鸡舍里傲慢地自由自在地散步。咯吱一声,啄一下,咯吱一声,啄两下……这里,有一粒谷物,那里,有一条蠕虫!

基采克不允许吵闹与喧哗。它朝着雷苏哈喊的方向瞥了一眼,问道:

"谁在那里,咕嗒,咕嗒?那是什么?那是什么?"

狗崽一下子就被他发现了,一切都明白了。

"啊,又是这条狗崽?它居然敢这样?我要让它瞧瞧厉害!"公鸡气得高声大叫。由于愤怒,它的鸡冠完全是充血状态。

"哎,切尔努哈!"它冲着正在不声不响地挖沙子的大黑母鸡叫了一声,"切尔努哈,过来!"

老奸巨猾的基采克喜欢暗地里行动,进行伏击。它和切尔努哈一起在凸起的墙头后面躲着,开始守候。

首先从埋伏点旁跑过的是雷克斯。

"进攻吗?"切尔努哈问。

"这个已经受过教训了,再等一等!"

在雷克斯后面跟着飞奔而来的是普采克。它刚进入视线,公鸡就拼命叫起来:

"打!使劲打,让它记住我们!"它像老鹰一样,径直扑向普采克的头部,把它压倒在地,把它打得晕头转向。

而切尔努哈跳到了小狗的背上。

"啄,啄!"普采克叫道,"别良卡,过来!对它进行夹击!"

可怜的普采克,直挺挺地在地上趴着。鸡喙像雨点一样,纷纷在它的身上落下。它全身的毛都耸立起来,一只还可以稍微睁开的眼直愣愣地看着。

"哎哟，哎哟！"它痛苦地哀嚎着，"下次再也不敢啦！再也不敢了！"

雷克斯冲上去营救。

它非常想去救朋友！它甚至咬住了基采克的尾巴，拔掉了切尔努哈的几根羽毛。然而，可叹的是，对手的力量比较强！勇敢的雷克斯，鼻子遭到了重击。过了一会儿，它的耳朵又开始滴血……

由于敌人的优势，雷克斯不得不离开战场。其实，它总共只退了几步，并在那里对着鸡骂了最后几句：

"下流胚，基采克，基采克，下流胚！切尔努哈，邋遢鬼！别良卡，流氓！"

可叹的是，这些鸡对它不屑一顾，也不应战。

它们啄呀，啄呀，——非常的残酷无情，连续进攻。

基采克终于累了，叫了一声：

"行了！滚开，呆头呆脑的家伙！"

普采克一边叫，一边向外爬。

"挨揍了？"雷克斯问。

"是……啊，我本来是可以收拾它们的，要不是一条腿被压在下面！"普采克回答。它的一条腿有点瘸，准确地说，它的这条腿，无论如何也比不上脑袋和腰部的疼痛。

"你们等着瞧，我还会收拾你们！"它冲着鸡群大叫了起来，并用后爪抓了几下地面。"下流胚！"它最后骂了一句，就走了。

朋友们确实认为，它们在院子里终于无事可做。何况，卡捷琳娜已经在鸭笼旁出现了。她发现了落在雷克斯脸上的黄色绒毛，当然，这一发现纯属巧合，于是，她就迈着坚定的步伐向雷克斯走去。她手中拿着一根被普采克折断的木条。

"到花园去！"雷克斯很快对朋友叫了一声，然后从花园篱笆的木桩之间挤了进去。

"啊哟！啊哟！"普采克尖叫起来。木条抽在它的背上，感到非常痛，接着也从篱笆下面爬到了花园里。

"怎么样，痛吗？"雷克斯问。

"噢哟，好痛啊！"普采克开始啜泣。

"你一直在哭！"雷克斯责怪道，"我都不知道该不该带着你！"

"去哪儿？"普采克问道，转眼间，就停止了哭泣。"你觉得我不能把她制服？嗯！还能怎么地！她会记住我的！"它信心满满地说。

对它这种自吹自擂，雷克斯没作任何回答，踏着碎步沿着花园中的小路向前走，在黑豆与刺李丛之间穿行。普采克跟在它的后面奔跑。

卡捷琳娜的叫骂声从院子里传来：

"不是狗，而是上帝的惩罚！小鸭被惊散了！鸭鸭！鸭呖呖，鸭呖呖！走着瞧，你们这些没良心的畜生，我还会和你们算账！"

"没良心的畜生"听见了这些威胁性的话，并没有感到十分不安：它们在篱笆的后面待着！

"我们去教训她一顿，让她明白，我们一点也不怕她，"雷克斯提议，"走吧，去逗逗她！让她生气去吧！"

两条小狗拐弯来到篱笆边的小路上。它们坚信自己所处的地理位置绝对安全，于是，这两个不知羞耻的家伙，就当着怒气冲冲的卡捷琳娜大婶的面肆无忌惮地嘲笑地。

但是，卡捷琳娜手中拎着一桶水，于是，她就随手把水朝着两条狗泼去。

"哎哟！哎哟！"这一次雷克斯也叫了，因为冲到它身上的水比较多。它赶紧不好意思地躲进了树丛。

"怎么，胆小了？"普采克挑逗它。

"你说我？怕她？看你说的！"雷克斯自豪地回答，"老妖婆！"它冲着卡捷琳娜大叫起来，同时用后脚扬起了一大片沙尘。然而，虽然它极其恼恨，但是，不瞒大家说，它与篱笆之间还是保持着相当大的一段距离，而且立即逃离，速度快得简直让人无法想象。

忠诚的普采克紧跟其后。

两个朋友将整个花园都跑遍了，看过所有的角落，查遍了每一个树丛，闻过了小路上和草丛中能够找到的每一个脚印。普采克碰见了一个废旧的鼹鼠洞。

"谁在这里住？"它问雷克斯。

当然，雷克斯自己也不知道是谁在这里住。它有生以来还没有见过活的鼹鼠呢。但是，难道它能在普采克的面前甘拜下风？它会承认在地下的这个洞里，藏着它雷克斯不知道的秘密吗？

"从没有想过，你居然会这样傻，"它一本正经地回答，"你怎么啦，确实不知道谁住在这里？"

"不知道，"普采克老实地承认，"你知道吗？"

"知道。"

"那说出来吧。"

"我还用对你说！"雷克斯扑哧一笑，"你自己挖一下，就知道了！"

普采克满腔热情地干了起来。它用爪子把大块的土团翻开，扬起大片沙尘。不久，灰沙就眯住了它的眼睛，鼻子里全是灰。它不停地打喷嚏，累得气喘吁吁，总算挖出了一个能把整个脑袋伸进去的洞口。

"什么情况？有吗？"雷克斯问。

普采克把鼻子伸进洞内，吸了一口气，又一口，打了一个喷嚏，又接着闻……

"老鼠不像老鼠，"它说，"闻上去好像有东西，但是这是什么东西，我说不清楚！"

"让我看看嘛！"雷克斯埋怨了一句，就把普采克从洞口推走了。它向洞内伸了伸脑袋，然后围着坑走了一圈，再闻闻，喘了一阵说：

"你不会挖！"

"那你自己挖吧！"普采克嘟哝了一句。它已经累得浑身没有力气了。

"当然是我来挖！"雷克斯埋怨着，两只前爪就像机器似的迅速地工作起来。普采克坐在一旁等候。"马上就好，马上就好，"雷克斯用嘶哑的嗓音说。灰尘已经冲满它的喉咙。"马上，马上！我已经听到它的声音了！你听见了吗？"

普采克竖起耳朵，把头侧向一边，再侧向另一边，然后说：

"没听见任何声音！"

"这么说，你是聋子！"雷克斯气愤地叫了一声，挖得更起劲了。

"怎么样，有吗？"没过多久，普采克又问。

"笨蛋！"雷克斯说，"当然有啊！不过，你知道我在想什么吗？"

"什么？"

"依我看，它不在家。"

"那么，就没有必要挖了！"

"我也这样觉得，我们来晚了。"

"那到底是谁？"普采克指了指洞口又问。

"你又问啦——我要狠狠地揍你一顿！"雷克斯斥责道，接着拔腿就跑，跑到哪儿算哪儿。

路上见到卡捷琳娜大婶忘在那里的双耳木桶。在木桶的底部，还剩下了一些汤——剩下的猪饲料。普采克原本很想喝，想爬进桶内，但雷克斯一下子把它推开了。

"瞧你这个样子！总该你先吃？你认为别人都不愿意喝？"

"这些水味道不好闻，"普采克提醒它，因为桶内的气味，它已经闻过了。

"不要吹毛求疵，"雷克斯以教训的口气说，"即使，起初感觉味道不好——还是要喝！一旦习惯——就会喜欢。"

于是，它就把头伸进桶内。尽管它觉得非常恶心，但还是坚持了很长时间，喝着发酸变质的汤。

普采克看着木桶，一直舔着嘴唇。

"现在，该你喝了。"雷克斯终于同意了。

"是好水吗？"普采克问。

可能雷克斯也想回答，但是它突然感到一阵恶心，于是它就慌忙跑开，显然是为了不让朋友倒胃口。

在花园后面，有一小块草坪，上面放牧着两头牛。因为高高的围墙隔开了家畜栏与宅院的其余部分，所以普采克至今也没见过奶牛，因而它惊讶不已，踌躇不前。

"这是什么？"它低声问雷克斯。

"兄弟，这个奶牛是会走路的。"雷克斯回答，听上去，它好像是一条通晓世间万物的狗。

"牛……奶？"普采克越来越感到惊奇。

"是啊，牛奶，"雷克斯以不耐烦的口气回答，"你闻闻就知道了！总之，别再让我讨厌你！你把所有的话都对它讲，给它讲讲!"它断然回绝，因为喝下去的稀汤正在发挥作用，可怜的雷克斯感觉很不舒服。

普采克把脖子伸长，仔细地闻。

"对，有牛奶味。"它确信。

"就是嘛!"雷克斯叫起来，"难道我没对你说过吗?"

"它们的奶在哪里?"普采克小心翼翼地问。

"在尾巴附近。"

"在尾巴附近?"

"你觉得在哪里?"

"如果拽一下尾巴，会出来什么?"

"什么，什么!"雷克斯重复着它的话。说实话，它自己也不知道拽一下尾巴，会出来什么东西。但是想不到，它竟然自己脱口而出："就会有牛奶流出来了!"

"会有牛奶流出来?"普采克大吃一惊。

"你认为怎么样？唉，普采克，你还是这样的笨!"雷克斯冷冷一笑。谢天谢地，恶心似乎已经结束了。

"啊，我现在立刻就想喝到牛奶!"普采克感叹道。

"我也是。"雷克斯表示同意。

"那该怎么办?"

"你去抓那头花牛，我去抓褐色的牛!"雷克斯下令道。通常情况下，它不喜欢多动脑筋。

两个朋友冲上前去。但是要想抓住牛尾巴，那可是看起来容易，做起来难！天色阴暗下来，像往常一样，苍蝇总是在下雨之前疯狂地叮咬。牛尾巴不停地摆动，尾尖上的一缕毛在小狗的眼前不停地摆来摆去。

"抓!"普采克一声大叫，终于把花牛的尾巴抓住了。

"是!"雷克斯应了一声,就抓到了褐牛尾巴。

当然,这些叫声比较模糊不清,因为狗崽们的嘴巴都忙得不可开交,但两个朋友都能领会得到。

母牛觉得尾巴上有一样沉甸甸的东西,但起初并没有多加注意:青草鲜美多汁,实在好吃。它们继续若无其事地摆动着尾巴。

"啊哟!"普采克大叫起来,因为它猛地一下把前额碰到了牛肋上。

"别放松,别松!哎哟!"这时雷克斯也叫了一声:它自己被甩到了褐牛的腰部。

不幸的是,对尾巴上的这些重负,母牛很快就感到厌烦。它们速度开始加快,使劲地甩动尾巴,两条小狗只好用尽所有力气,避免像投石器上的石块一样飞出去。

"噢哟,噢约!"普采克尖声叫道。

"抓住,抓住!"雷克斯一边鼓励它,一边咬住牛尾巴,晕头转向地在空中画弧线。

"遇上这个旋转木马,我要倒霉了!"普采克埋怨着。

"我也觉得恶心!但要忍耐!"雷克斯回答。

这时,尾巴从普采克的口中滑了出来。

"我快没命了!"普采克急忙叫了一声。它在空中画出了一道美丽的弧线,扑通一声,重重地跌落下来,跟青蛙似的,伏卧在草地上。

花牛感到一身轻松,接着向前迈了几步。褐牛发现花牛的尾巴已经获得解放,就妒忌起来。

"啊,天哪!"它哞哞一叫,回头看了看自己的尾巴,突然,两只后腿向后一蹬!还好牛蹄没踢到雷克斯的脑袋。虽然如此,它的眼睛还是直冒金星。

它朝着后面飞出去几步,沿途翻了几个跟头,然后,落到了地上。它环顾四周,看见普采克正一瘸一拐地朝着它走来。

"看来我们今天没办法喝牛奶了。"普采克感到忧伤。

"你在哪儿见过太阳不出现的时候,能喝到牛奶?"雷克斯对它嘟哝着,接着,就认真地梳理起来,开始按摩被摔痛的骨头。

啪嗒，啪嗒，啪嗒！

雨点一滴接着一滴，从天而降，越下越大，越下越大……

非常讨厌下雨的普采克拔腿就跑。

"回家，回家！"它叫道。

"跑，跑！卡捷琳娜大婶在那里等着你呢！"雷克斯尾随其后，大声叫喊。

普采克停住脚步。它不是很想见到卡捷琳娜。它对挨揍的情景还记忆犹新，而且它觉得，这不过是定金罢了。

"喂，怎么不走啦？"雷克斯挑逗的说。

"还来得及！"普采克回答。

似乎它也不打算回家，于是，就开始追赶母牛。它在母牛旁边跑来跑去，不停地叫唤，当然，为了安全起见，它并没有忘记要与牛角和牛蹄保持一定的距离。

但是，它不久就玩腻了。

雨尽情地下着。普采克像海绵一样，全身将雨水吸得满满地。它像发疟疾似的，冷得牙齿叮当作响。

"怎么，冻坏了？"雷克斯问。

"冻……坏了！"普采克承认道。

"傻瓜！谁会这样冒着大雨奔跑？天上流下来雨的时候，应当躲起来！"

"你说起来容易，'躲！'去哪里躲啊？"

"随我来！"雷克斯命令道。

它把尾巴夹紧，快步地向有一小垛干草的棚子下面跑去，雷克斯爬上草垛。随后，普采克也跑了几步，跳上了草垛，但是可怜的小狗，由于全身的毛被水浸透，身体显得很重，而且又非常疲惫不堪，所以它无论如何也爬不上去。"爬！"雷克斯命令。"但，我不……能！"普采克哭着说。"爬呀，人家告诉你，让你爬。""我不……能！我……要回家！""饭桶！"雷克斯以鄙视的口气嘟哝了一句，"你这个笨头笨脑、马虎大意的家伙把我害苦了！普采克！我最后再讲一遍：爬还是不爬？"

"我不能，我发狗誓，不……能！"普采克失声痛哭起来。

"你看，人家是如何爬的！"

"我知道人家是怎么爬的，但是，我无论如何也爬……不上去！呜，呜，呜！帮帮我！"

真没有办法！雷克斯只好爬下来。它将普采克的后脖颈咬住，费了很大的力气——呼哧，呼哧，气喘吁吁，终于把朋友拉到了草垛上。

"你要记牢：如果你再哭鼻子，我就要你的好看，让你想想基采克的事！知道了吗？"雷克斯气呼呼地冲着普采克大声喝道，好让它明白，它的牙齿咬起人来，也是相当厉害。

普采克退到旁边，像小球似的滚了下去。可怜的小狗，跌到了卡捷琳娜取干草时形成的一个坑里。

"救救我！"它急忙发出绝望的嚎叫声。

"你等着瞧吧！活该！"雷克斯望着深渊嘲笑道。普采克在谷底下面躺着，吓得半死不活。

但是，可能是坑边上的干草太松，也可能是雷克斯一只脚没有站好——总之，说时迟那时快，它一下子就掉在了自己朋友的身上。

"你看，你也跌下来了！还说大话呢！"普采克说。

"我根本就不是跌下来的，是我自己跳下来的！"雷克斯吹着牛。"下雨天，我经常在这里睡，在最底下！又舒服又好！在任何地方都没有比在这里睡得香！"他补充说，接着，就一边打哈欠，一边蜷缩成一团。

普采克除睡觉外，再也没有什么更好的事要做了。它在干草上躺着，用尾巴遮住鼻子，开始打鼾。

无论把绳子搓多长，总会有尽头。

狗崽们睡了一小时，两小时。最后，它们终于醒来了。

"我想要吃！"普采克在哭。

"你一直想！"雷克斯叫起来。

"难道你不想吃？"

"吃嘛，我也不反对……"雷克斯承认，"现在，家里可能在吃晚饭……"

"那我们回家去吧!"普采克建议。

"走吧!"雷克斯同意了,"爬出去!"

"你先爬出去。"普采克说,它自己不太清楚要怎样才能爬出去。

"好,你看看! 学学如何爬!"雷克斯自豪地说,并开始向草垛爬去。

然而,可叹的是,它马上又滑到了坑底。

"你好像有些不妙嘛!"普采克用尖刻的语气讽刺道。

"你在这里站着,我踩着你的背向上爬!"雷克斯命令。

"那你就这样把我扔在这里?"

雷克斯以鄙夷的目光盯着朋友看。

"难道不是我把你拉到草垛上来的?"

普采克听话地站到雷克斯指定的地点。但是,可叹的是,它费力地踮起脚,弓起腰:雷克斯一踩到草垛,就向下滑。

"怎么办?"普采克终于开始哽咽起来。

这一次,雷克斯也说不出任何可以振奋人心的话了。

说到这里,我也感到很难为情。天黑的时候,哭泣声从草垛里传了出来,听起来像是在花园的最深处。

"这是谁在叫喊?"我问卡捷琳娜。

"谁知道呢? 也许是'鬼'?"她小声地说,同时虔诚地画着十字。

"雷克斯和普采克在家吗?"

"就在刚才,我还在花园里见过它们。难道一直看着它们? 可能在什么地方聊天!"

"是啊,"我想,"肯定是它们! 爬到某处,又爬不出来了!"

我把两个小朋友从草垛里拉出来。它们面色很难看。面部表情是那样悲伤和惊惶,使得我见到它们,感到哭笑不成。

卡捷琳娜已向我诉说了它们的所作所为。我本想饶恕它们。但是,她坚持说有一只小鸭,一只从远方运来的良种鸭的一只爪子被折断了,于是,她判处普采克有罪。

至于说饶恕,她一点都不想听。

"一旦您饶恕这些胡作非为的家伙所干的一切,家里的秩序就没有了！要么有公道，要么没有！人家在这里要死要活的干活，有什么用？你做一套，它们做另一套！它们这些惹是生非的淘气鬼，什么事都干得出来！"她大发脾气，"要么您收拾它们，要么我永远不再踏进这个家门！这里，狗比人尊贵！"她提高嗓门，说完最后一句话就把围裙扔掉了，一下子把木桶摔到地上。

得啦，公道就公道吧！因为我相信，即使普采克办了什么坏事，那肯定是雷克斯唆使的，所以，我就把两个小朋友一起判为家庭囚禁。

两条狗崽被囚禁在贮藏室里一整天。

这些囚徒只有用两条后腿站立，才能透过一条缝隙见到世界上发生的事。

你们瞧瞧，它们的样子多么忧愁，多么沮丧啊！你们瞧瞧，真是……

如果你们还想听，我还能给你们讲一些与这些小狗有关的故事。因为——坦白地说，我喜欢这些胡作非为的小家伙。也许正是如此，虽然它们笨头笨脑、马虎大意，但是它们却非常富有想象力和创造精神！

十二、狗妈妈的羊女儿

在马路对面，我们家的正前方有一座花园，其中有一间小屋。这是一间很普通的小屋——既不简陋也不漂亮。至于为什么它老是空关着，真是叫人想不明白。但不知道为什么，不管谁搬进了这间小屋，最多住上半年，就会离开我们这座小城。

邮递员波漂莱克先生是这间一直关着的房屋唯一的长期住户。他占用了厢房里的两个很小的房间。他是个鳏夫，抚养着一对双胞胎女儿——佐西娅和维西娅。两个女孩非常的相似，以至于我只有根据她们小辫子上扎着的不同颜色的丝带才能把她们区别开来。她俩有点像两只浅灰色的小猫。两个女孩都显得老成持重，很少说话，但是要说的时候总是会一起说。她俩在散步的时候经常会带着一头黑色的小绵羊，用一根红色的绳子牵着，那羊的名字叫"小珍珠"。

小珍珠简直有点儿不像一头羊，因为它很聪明而且非常忠诚，至少小姐妹两个是这样说的。我不得不承认，黑绵羊确实是与姐妹俩形影不离：一叫它的名字，它就会立刻咩咩地叫。然而它毕竟还是一头绵羊。而羊，就是羊。它用它那双无精打采、多愁善感的眼睛审视着这世界。但是，在我看来，也许小绵羊的这一特点，才是波漂莱克家两姐妹最喜欢的。

"它是那么温顺！"佐西娅夸赞道。

"而且又是那样的亲切！"维西娅重复着。

怎么样，太妙了，是不是？小姐妹俩与她们温顺的小绵羊相亲相爱——这，就足够了！

可是，不知道为什么，两个小女孩和她们的绵羊已经有好几天没有在街上出现了——听说小珍珠病了。一天午后，姐妹俩突然向我的花园飞快地跑来。她们俊俏的小脸上挂着泪痕，眼中还噙着泪水，下巴在不停地颤抖，以致两个可怜的小姑娘一句话也说不出来。

"发生了什么事？"我问。

"哎呀，叔叔！"佐西娅哽咽着。

"太不幸了！"维西娅跟着说。

接着两人就哭成了泪人一般。

我竭尽全力安慰她们，给她们每人一块糖，可是这根本不起任何作用。我又给她们第二块——还是无济于事。只有当我用樱桃酱招待她们时，才弄明白到底是怎么回事——小珍珠死了……

"亲爱的，我也无能为力，"我说，"我一点忙也帮不上。"

"可是标记怎么办呀？"维西娅问我，随后又哭了起来。

"是啊，标记怎么办呀？"佐西娅一边哭一边说。

"还有什么标记？"我觉得很惊讶，"一辈子也没有听说过会留有某种标记呀！"

原来是这么回事：小珍珠已经有了一个女儿，和它的妈妈一样也是黑色的。两个女孩给它起了个名字，叫标记。标记出生总共才三天，却再也不能吸到乳汁了。一般说来，只能这么办——那就是与标记告别……

我坐下来想：能用什么方法来帮助这两个哭得很伤心的小姑娘。突然我想到了我们的狗——忠诚，于是我对姑娘们说：

"去把你们的小孤儿拿到这里来吧。忠诚是一条善良、大度的狗，它现在正在给自己的狗崽喂奶，也许它会把你们的标记接纳为自己的家庭成员。让我们试试看！"

姐妹俩感到很惊讶，瞪大眼睛看着我。

"把我们的标记交给狗？"佐西娅感到很委屈。

"要把标记放到狗窝里去？"维西娅耸耸肩膀，似乎也有同感。

"要么把它放到狗窝里去，要不然的话我什么忙也帮不上了，"我简单地回答，"你们的标记怎么就不能成为我们忠诚的养女了？如果所有的人都像我们的忠诚一样，有一颗金子般的心就好啦！"

两个小姑娘相互交换了一下眼色，想了想——二话没说就往家里跑去。

不过，她俩很快又回来了。

"给，"维西娅一面说，一面打开了一张老羊皮。

那里面是一只小羊羔。

"羊皮是标记的襁褓。"佐西姬向我解释说。

"是为了让它在狗窝里感到温暖。"维西娅补充说。

我们带着标记和它的襁褓往狗窝走去。我叫了叫忠诚。忠诚就走出窝来，用忠实的目光望着我，但是尾巴却摇摆得很急促。

"主人，有什么重要的事情快点儿说吧，"它好像在说，"你是知道的，我窝里还有个小婴儿呢，我可是一分钟也不能撇下它不管的。"

我把老羊皮里的标记放在忠诚面前的地上。小羊羔很虚弱，甚至无法站立。

"这是自己人，"我对忠诚说，"是自己人，亲爱的！"

"是啊，我怎么能不可怜这个软弱无力的小生命呢？"狗用诚实的目光回答了我。我的忠诚小心翼翼地咬着小羊羔的后脑勺，把它带回了自己的窝中。

波漂莱克家的两个小姑娘看得目瞪口呆。等她们回过神来之后，才拿起羊皮，一下子爬进狗窝。

"你们就不要添乱了，"我对姑娘们说，"看起来，忠诚是用不着你们的羊皮的。它自己懂得如何教养自己的养女。"

两个女孩拿着羊皮在狗舍前徘徊了好久才离开。

但是，从那以后，她们每天都要好几次光临我们的院落。她们会时常给忠诚带来些好吃的，一声不响地放进狗食钵里，然后就在狗舍前蹲下，但总是看不见标记——狗窝里面很暗，标记又是黑色的，更何况它又不会像狗一样把鼻子伸向亮处。只是偶尔会从狗舍里显露出来一个深棕色的笨头笨脑的小家伙——那是忠诚的小崽子，毛茸茸、圆滚滚的，像只长毛绒制成的小熊崽。姐妹俩替它取了个名字，叫米什卡。但是仅此而已，更何况米什卡也不想爬出狗窝来。在这样的季节，世界上的一切都很乏味：雨不停地下，寒冷的气息似乎要穿透人的身体——早春时节往往如此。

这天，太阳终于露面了。两个小姑娘恰巧在狗窝附近转悠。突然，我听到她们大声叫喊："就是它！就是它！那是我们的标记！我们的标记！"只见一个毛茸茸的小球正艰难地滚过狗舍高高的门坎。这是米什卡，它一出来就坐下打了个哈欠，之后又很爽快地打了个喷嚏。标记紧紧跟在它的后面跳了出来。它在狗舍前站定，抖动了一下身子——我简直惊呆了！它居然突然朝地上一坐，活脱脱像一条狗。不信的话，您瞧瞧！

米什卡开始漫游院落了，标记紧紧跟在它的后面。米什卡坐下，它就站定；米什卡向前冲，它就紧随其后；米什卡爬进水洼，标记就啪嗒啪嗒地在水中行走；全身湿透的米什卡哭了，标记也跟着哭，尽管它身上一点儿也不湿。这可真是怪事！

两个小姑娘对这一切都很不喜欢。为什么呢？首先，是因为我不允许她们把米什卡和标记抱在手上。我是舍不得吗？当然舍不得。因为它们还很虚弱，稍有不慎，就会给这两个小不点造成终身残废。要知道，它们是有生命的动物，而不是玩具，不对吗？

我向姐妹俩作了解释，但是，很显然，我的话并不能让她们完全相信。

两个小姑娘真的是生气了，于是不再踏进我们的院子。

没过多久，她们就到乡下的婶婶那儿去了。

我心里却为此而暗暗高兴。为什么呢？可以告诉你们——我越来越自信，标记一点也不像自己的妈妈黑珍珠，因为它既不温顺，也不亲切。

总而言之，它的举动一点儿也不像一只绵羊，更不像两个小姑娘所希望的那样的甜蜜的小羊羔。标记彻底地、不可逆转地"被狗同化"了！

你们也许会问，"被狗同化"是什么意思？是这样的：它的行为表现与狗一模一样，活像它的养母忠诚以及它的同乳兄弟米什卡。

米什卡做什么，标记就做什么。米什卡追赶母鸡，标记也去追赶母鸡；米什卡经常受到白公鸡的申斥，于是标记也跟着遭殃；米什卡跟鸭子打架，标记就把鸭子赶出洗衣槽；米什卡跳起来捉麻雀，标记就跳起来捉蝴蝶。它们同睡在一个狗窝，也同去水池边游玩。它们一起在院子里奔跑，围着圆柱做"8"字形游戏。还有，它们俩同样都可以飞快地逃避我们家的卡捷琳娜扫帚"法网"的追击。

似乎只有一件事能把它们区别开来，那就是饮食。虽然，标记也会把鼻子伸向狗食钵，但是它不会喝粥。然而，当标记啃吃青草或者咀嚼干草时，米什卡就目瞪口呆了。它惊讶不已：它亲爱的标记竟然会吃这种讨厌的东西。

有一次，我为标记买来了羊喜爱吃的食物——一块岩盐，把它放在筛子里，再搁到庭院中。标记的舌头立刻忙碌起来，它不停地舔着盐巴，像极了一台转动着翼片的风磨——你们大概从来没有见过类似的情况。米什卡发现后就怒吼起来，汪汪乱叫，然后一下子推开标记，叼起了盐巴！突然，米什卡的鼻子里发出呼哧呼哧的声音，很快就开始打喷嚏、吐唾沫，在青草上揩舌头。从那以后，每当标记再舔盐块时，米什卡就远远地恶狠狠地看着筛子和标记。

"真是倒胃口！"米什卡嘴一撇，自动远离那个祸害。

但是，可别以为标记和米什卡的口味总是各不相同。我们的院子里有一块被啃得干干净净的骨头，上面没有一点儿肉的气味——不过是狗的玩具罢了。如果院子里没有其他有趣的东西，为了消遣，两个小崽子就都会去啃啃它。有一次，米什卡和标记就是为了这个玩具打了一架。那是一场真正的搏斗，以至于米什卡哀号着爬入狗窝。标记则叼着骨头在院子里奔跑了好一阵子……

从那天开始，每当标记和米什卡一起奔出大门朝着路人狂吠时，我也就不奇怪了。也许有人会问：标记是怎样"狂吠"呢？是这样的，那声音就像是大喇叭发出的低音。

我的侄女克里西娅教会了米什卡用后腿站立。不久，标记也开始用后面两只脚走路，那样子像极了个芭蕾演员。标记还会抬起前腿"要东西"，那动作甚至比米什卡还要灵活，干起来更卖力，米什卡则很懒惰，什么事都不想好好干。

暑假结束了。两个小姑娘从农村回到了家里。当天她们就赶过来看望标记，了解它的生活情况。

便门一开，她们就收住了脚步。她们首先看到的是米什卡。它一面叫，一面扑向她们。标记紧跟其后，两个小崽子围着两个可怜的女孩上蹿下跳。她们吓得站着不敢动弹，脸上带着尴尬的笑。

我听到声音就很快出来了，递给两个小姑娘每人一块盐巴。

"标记，问个好！"我说。

标记闻了下盐块，立即用后脚站立起来，摆动着前腿"要东西"。

姐妹俩哈哈大笑！"像狗！真像狗！"两人大声说。

可是，佐西娅突然严肃了起来："可是我们的标记不再像它妈妈了。"

维西娅也这样认为："不会像真正的羊羔那样温顺，那样亲切。"

"可是那又怎么样呢？"我问道，"难道你们会因为这个而不再喜欢它了吗？"

佐西娅沉思了片刻，"就顺其自然吧。"她喃喃地说。

"这样我们也会喜欢它的。"维西娅附和道。

这两个小姑娘真是既可爱，又聪明，不是吗？

就在这一天，标记搬进了自己的新居，就在那座宽敞无人的院子里。

"波漂莱克家有一只会抬起前腿要东西的羊！"这则消息在城里传开

之后，人们就络绎不绝地来到这座院落想要见见这个稀奇的动物。

因此两个小主人感到非常自豪：她们有一头完全像狗的羊！

十三、狼　孩

这件事发生在几年之前。我竟然如此幸运地享有一个多星期的自由支配时间，还有一辆完全供我使用的汽车。如果您处于我的地位，肯定会毫不犹豫地外出旅游，是吧？

您看，我就是这样做了。

我立刻动身前往马祖里。我这么做是因为虽说整个波兰都很美丽，但是晚春时节的马祖里更是风景宜人，美不胜收。那么美的针叶林，那么美的湖泊，那样清新碧绿的草地和蔚蓝的天空，您在任何地方都别想见到。漫游在这方土地，真是极大的享受！

一次，我很荣幸地留宿在森林守卫室。我所住房屋的主人是一群很可爱的人。我们促膝长谈，一直到了深夜。我自己也不知道，怎么会信口开河地说但愿能够饲养一只狼，一只真正的、直接来自森林的狼。当然，第二天早上，当我握住方向盘的时候，就忘了这句话。

我的车在行驶。我很喜欢颠簸于这条熟悉的路上。大约行进了四十公里，我突然听到后面，在我的身后，有婴儿的啼哭声。我环顾四周：车的后座上确实有一堆乱七八糟的东西，但其中很显然不会藏有婴儿。

"这肯定是我的幻觉。"我告诉自己。于是我继续开车。

突然身后又传来悲戚的啼哭声。这次绝对没听错！我停下来，打开车门，翻遍所有的篓筐，最后终于发现了一张从包裹里探出的可爱的小脸，它看着我，无望地哭个不停。我一把把它抓住——拖出一只很大的类似于熊皮手套的东西。这只手套里有一双纽扣似的眼睛可怜巴巴地望着我。

“这难道是只小狼崽？”

“对呀，”我想，“肯定是那些可爱的主人们特意给我放上这份出人意料的好礼物的。原来是这么回事！”

真是没有办法。

“既然我们有缘做伴旅行，”我对“意外的”礼物说，“那么，亲爱的朋友，就先洗个脸吧！”

于是我把狼先生带到湖边，好不容易才给它洗干净。首先，善良的人们是给它吃饱喝足了之后才送它上路的；其次，这条乡间土路对狼崽来说，极不平坦。

我们洗过脸后，亲了个吻——狼崽显得非常温顺。我把它放在了身边的座位上。

之后，我们继续前行，来到一座村庄，喝足了奶。一切都很顺利。只是在这天夜里——狼崽就闹翻天了！除非和我一起睡在床上，否则睡在其他地方根本不行。不然的话，它就“号啕大哭”。

我不知道您能不能够忍受一个除您之外别无依靠的孤儿在流泪，反正我面对这残酷的现实是束手无策了。

于是，从那天晚上开始，一路上我都和狼——一只真正的灰狼同睡在一张床上！如果我没遭遇上小红帽和老婆婆，那很可能仅仅是因为我的灰狼安睡在我的腋下，它总喜欢把头搁在枕头上。

我的雷克斯——我们这样称呼狼崽——过去以及后来都是很温顺的。它喜欢舔自己的身子，甚至比任何狗崽都更会表达亲热之情。唯一让我生气的也许是它以惊人的速度认定：比起与它同龄的克里西娅女士来，我简直就是个无聊乏味的老头。

它把自己所有的爱都献给了我的侄女克里西娅。它爱她，而对我，则仅仅是尊敬而已，而且它一点也不喜欢打狗棒。

狼崽与我们的看家狗相处挺和睦的。它和其他的狗崽一样，都会受到狗崽们严厉的老师伊姆卡母猫的训斥。而在其他方面，它的命运与任何一条在我们家度过青春年华的狗别无二致。从外貌上看，雷克斯特别的像狗，以至于我不大相信它是来自森林的野生动物，也不大愿意相信它有嗜血的本能。

我们的狼崽和狗崽不一样的地方，也许仅在于它的身体消瘦得让人吃惊，简直有些羞于见人。可能有人还以为我们让这个家伙挨饿呢。其实事实是，我们的雷克斯胃口大得超乎人们的想象：我们的狼一次吞食的食物，四只成年狗也吃不完！

在早期阶段，它一点儿也没有显示出狼的本性。它不是咬死过一只鸡吗？这的确是件大事！但是，纯种狗不是也会发生这类事件吗？

不同的只是狼崽的狩猎方式有点儿不一样。就跟大家知道的一样，狗崽在赶鸡的时候总是会叫唤的。闹声很大，而且多半是出于淘气，很少来真格的。如果说鸡死掉了，那往往是因为它自己的疏忽所致的。

与此相反，雷克斯根本就不追赶鸡。它只是偷偷地向鸡发起进攻，偷偷地靠近，一口咬死，然后把它吃掉，甚至连羽毛都吃得精光。我们要警惕的正是这一点。

于是我们决定，从那件事情之后尽量不把鸡放出笼子。在我们看来，用这种方法似乎就可以把鸡和灰色的强盗隔离开来。

但是事实是，这么做毫无用处。原来，尤其是在雷克斯认为无人注意它时，它就会时刻透过栅栏向鸡舍里偷看。它像走火入魔一样，待在那里，目不转睛地看着，每天都是这样。

一年冬天，雷克斯突然跳上了柴房的屋顶，越过篱笆。我赶快跑进院子——却发现，我所有的鸡全被它咬死了，一只不剩！

你们也许能猜得出，我随手拿起了一样东西，就冲向了出事地点。雷克斯躲在角落里，用一双吓得发绿的眼睛注视着我。它的牙齿喀吧喀吧作响，好像是在打摆子。

我把雷克斯整整一天都关在空鸡舍里，以示惩罚。这一天，它一动也不动，甚至没离开过角落，只有那双吓呆了的眼睛跟随我移动，同时牙齿喀吧喀吧地作响。

那天傍晚，它有生以来第一次发出了嗥叫。叫声以拖音开始："噢……呜……"以短促音为结束，就像"啊！"

我不懂得狼语，所以不能确定这叫声意味着什么意思。但是，我还是认为，这是狼在求救。多半是雷克斯在用狼语在呼唤："克里西娅！克里西娅！"

要知道，从那以后，每当它的小主人克里西娅不在附近的时候，雷克斯总会发出它那"噢……呜……啊！"的叫声。

而克里西娅对狼的叫声却有与我有不同的理解。

她要我相信，雷克斯是在郑重许诺要改过自新。

事实证明，她的理解是正确的。雷克斯从鸡舍里出来之后完全改变了。从那件事情之后，我们的鸡在任何情况下都可以平安无事。它们甚至可以在狼的鼻子底下毫无顾忌地散步。

但是，城里的狗对于狼在傍晚时发出的第一声嗥叫却有着完全不同的理解。它们——小的、大的、长毛的、光滑的——总之一句话，所有长着四条腿的、有尾巴的、胸膛里跳动着狗心的家伙，全都跑到外面或者大街上。这天夜里，我们整个地区都响彻着疯狂的狗吠声。从那一刻开始，我开始确信不疑，雷克斯真正是一头名副其实的灰狼。

雷克斯在慢慢地长大，在变好，它精力充沛。同时，它还和以往一样，温顺、可爱、听话，甚至还有些腼腆，与别人家的狗保持相当的距离。可是，它却特别地喜爱孩子。它甚至允许孩子们对它胡作非为。您可以想想看，我们邻居小特鲁达竟然能骑着狼走路，还把它套到玩具车上。总之，这是一只稀奇的狼崽！

它还乐于当别人的忠实朋友。然而正是这一点害苦了它。

离我们不远的地方有一条多勃曼犬，它也叫雷克斯，与我们的狼同名。这条狗既凶恶又愚蠢。谁也不知道它整天在叫些什么。它不善于和其他狗和平共处——经常会莫名其妙地惹是生非。但是因为身材矮小，它只敢攻击那些一巴掌就能打倒的小狗。

有一次，无缘无故地，多勃曼犬雷克斯攻击了我们的狐狗恰帕——与魁梧的多勃曼犬相比，恰帕简直就是个小不点儿。这件事被狼雷克斯发觉了。当我赶到那里打算介入的时候，多勃曼犬已经被咬断喉咙，躺倒在地了……

这下祸闯大了。多勃曼犬是很名贵的狗。正如狗的主人所说，它在狗展上得到过许多奖章。总之，我不得不为这条贵族狗的横死付出昂贵的代价。

但愿雷克斯就此安分守己！那才不会呢！我的狼崽突然就滋长了好斗情绪。

战胜多勃曼犬之后，雷克斯有了一个习惯——对于任何强壮的大狗都要攻击而且一转眼的工夫就会把它咬死。而我，每一次都要为这些笨蛋狗的死去付出代价，这样的话，要不了多久，我能干的就只有一件事了——那就是，当乞丐去……

我不得不给雷克斯套上锁链——真的是别无他法。狼不分日夜地疯了似的嗥叫。周围地区的牲畜也都跟着它叫喊，那真的是太可怕了！

我们最终作出决定：必须把狼送走。

但是送往何处呢，送给动物园？克里西娅连听也不愿听，她不想让自己心爱的动物被终身囚禁。

我突然想起：在别洛斯托克附近住着一位远房亲戚。他孤身一人，主管着一个很像样的动物园，而且他很早以前就邀请我们前去做客。

于是我写信告诉他，我们打算不久之后去拜访并想带上我们的雷克斯随行。虽然克里西娅不忍心写这种信，但是这一次她还是写了满满的一页纸来夸奖我们的狼。我无法保证，但我能感觉得到，造成这页信纸上沾满斑斑墨迹的错误不是因为纸和笔，而在于泪水，伤心的泪水。这是克里西娅因为要和狼雷克斯分离而痛哭流涕。想必你们也是能理解她的，是吗？

信终于有了回音，我们的亲戚同意接受我们的雷克斯。于是，我们出发了。一路上，狼表现得很好，我们都很高兴。它居然变得非常温顺，对所有的人都很有礼貌，并且它因此受到了大家的好评。

克里西娅听到这些夸奖时，不停地抽动着她的小鼻子。就让那些与朋友分离而不感到悲伤的人因为这个而责备她吧！请原谅，我想我指的是手帕……

我们最终来到了目的地。

起初，雷克斯显得有点胆怯，它侧身而立。当地所有的狗都对着它吼叫。

但所幸的是，它们的关系渐渐得到了改善。一周之后，一切都好转了，甚至好得不能再好。雷克斯为自己找到了两个朋友：一个是小达克斯犬鲍巴，它们形影不离；另一个则是邻家的小狗尤济卡，和它同吃一个盘子里的东西。我们感到欣慰的是，我们的雷克斯在这个新的地方将会生活得很好。因此，我们打算返回家乡。克里西娅前去辞行，而我就留在家里。像之前一样，每当克里西娅离开的时候，雷克斯总是等守在便门旁边。它伸出前爪，然后把头搁在上面，目不转睛地看着那条路——它知道女主人该走这条路返回。

但是，很显然是因为等得太久了，雷克斯显得不安起来。它不时地东跑跑，西走走，然后又重新回到原地躺下。它等啊，守啊，最后终于不知去向何方了。不用说，它这是去找寻克里西娅了。它走了——再也没有回来。

现在，每次我们听到地方上狗叫的声音，我和克里西娅就会面面相觑。我们觉得，似乎立刻就会听到那悲哀的长音："噢……呜……啊！"然后，很自然地就会联想到我们的雷克斯。我们永远都不会忘记它，因为它和我们共同生活过，而且爱过我们。

十四、马保姆

事情还得从那年夏天我家聚集了一大群孩子说起。城里甚至有人讥笑我，问我家里是不是开了个幼儿园？

对于这些议论，我自然是不理睬的。我的队伍每天都准时列队，然后大家步伐整齐地行进在市场上，一起前往弗兰奇科夫斯卡太太的糖果店去购买馅饼。而我排在最后，为这支队伍殿后。孩子们两个人一对，一共有六对。难怪会有人在大街上停下来，观看我的"幼儿园"。也许他们绞尽脑汁也猜不到我是在什么地方招收到那么多的孩子。

道理其实很简单。我有几个年幼的亲戚，另外还有几个未成年的熟人。于是我决定要把他们聚集在一起。他们在一起结为伙伴可能会更好些。说到就做到！

在我们的客人中有一位女士缺了几颗牙齿：一种叫乳牙的牙齿已经脱落了，而另一种牙齿——成牙还没有长出来。

人们通常叫这位有点儿缺陷的女士扬卡。如果您要是问她叫什么名字，她就会很郑重地告诉您：她的名字是雅妮娜·夫根尼娅。可是不管她花费多大的力气也表达不清自己的名字，那是因为"夫根尼娅"在任何圣徒名册中都找不到，她名字的第二部分按照人们清晰的发音应该是在"夫根尼娅"的前面加上一个"叶"字——叶夫根尼娅。

其实这位夫根尼娅原本是个京都娃。除了华沙的公园和林荫道式的街心花园外，她从未见到过其他绿色。至于田野，她更是仅仅能从那些到过郊外或农村亲戚家的孩子们口中才了解得到。

可以想象，当她有生以来第一次见到田野、森林以及可以在其中尽情奔跑的大花园，她会感到多么的眼花缭乱！

但是你可别以为我们夫根尼娅是个什么都怕的城里的胆小鬼，甚至看见小鸡会问，为什么小翅膀下面没有烤肝呢。其实夫根尼娅是个勇敢的小姑娘。来了不到一个星期，她就已经和我们家所有的动物都相处得特别好了，还会在菜园里除草、浇花，在干家务方面只是比卡捷琳娜稍逊一筹而已。

所以很自然的，当我决定为自己的被保护者们购买一匹马时，我带着夫根尼娅一起去马匹博览会，这就不足为怪了吧。

我和她仔细地看了形形色色的马匹，反复挑选，讨价还价。可是很难买到一匹正合我意的马。

在我的心里，它应当是一匹宝驹，既要能很轻松地运送我的这群小家伙，同时它还不能有任何古怪的举动或者乖僻的性格。而出现在交易会上的要么是年轻的马驹，过于活泼，容易冲动，要么就是年老的驽马，它们应当考虑的问题，与其说是工作，不如说是退休。

　　我和扬卡走遍了整个马匹博览会，走过来又走过去，看了又看。突然，夫根尼娅挣脱了我的手直直地奔向了一匹浅黄色的大马。一个已过中年的叔叔正握住它的辔头站在一旁。我被吓了一跳。内行人都知道，从后面靠近马匹是很危险的。一旦被它蹬一脚——即使是勇士萨姆松也会变成终身残废，更何况是像夫根尼娅这样的一个小矮人，不是吗？

　　我靠近马匹一看，我们那位缺牙的女士正在抚摸黄马那柔软的大鼻子，拥抱它的头呢。我轻轻地舒了一口气：虽然那马前后摆动着耳朵，但是它正以友善的目光看着夫根尼娅呢。

　　"博览会上从哪儿来这么一个缺牙齿的小不点儿，还对我说了那么多好听的话？"黄马那双极其温柔的大眼睛似乎在问。

　　"还有什么要说的吗？你喜欢这匹马吗？"我问小家伙。

　　而夫根尼娅毫不犹豫地回答说："这匹浅黄色的马是必须要买的。其他任何一匹马都没有它这样善良的眼睛！"

　　还有什么法子呢？我只得买下了这匹浅黄色的马。

　　为了买这匹马，我的手可是痛了至少一个星期。这匹马原来的主人在讨价还价方面表现得很强硬，他一个子儿一个子儿地让步。而且每让一次都要拍一下我的手——那可是名副其实的击掌。更何况他那个大爪子就像熊掌似的！

　　最后我们终于谈妥了。浅黄色的马来到了我院子中的马厩里，并且开始运送孩子们：有时候送他们去散步，有时候去买东西，有时候去旅游——反正远的、近的都送。孩子们自己为这匹马取了个名字叫别列克。

　　说句实话，我甚至连想都不敢想，我那缺齿的夫根尼娅竟然会给我挑选了这样一匹马。它简直是位保姆，而不仅仅是一匹马！

　　首先，别列克非常的聪明。它很快就明白了，它住在我这里是为了给孩子们取乐并且运载他们。每当院子里有孩子的叫声和马车的声响，它自己就主动走出马厩。它会小心谨慎地从孩子们的中间穿过，到目前为止，它还从未碰到过任何一个小娃娃的脚。然后自己走进车辕，自己配合我们套好车，一直等到让孩子们安稳地坐到车上。

　　也许你们想问，别列克会立即动身吗？它可是从来不这样做的。它一般会首先环顾一下四周，只有确信大家都已经就座了，这个时候它才会迈开步子出发。只有在街上它才改用小快步，不慌不忙地向前跑，就这样一直跑到终点。孩子们在车上可以为所欲为——叫喊啊、咂嘴啊、拉缰绳啊，而别列克似乎对这一切都毫不介意。

"对不起，我自己知道该怎么做！"它回过头去看了看叫了一声，好像在说，"就像母鸡生蛋是不用教的一样！"

不过，它偶尔也会屈从于孩子们的要求，尤其是当它听到夫根尼娅对它发出非常尖细的责备声时："别连克，你怎么啦？快点！加快点步伐！"

每当这个时候别列克就会以均匀的速度奔跑起来。这样跑了一百米左右之后，它就会一边点头，一边减速，这动作让你明白，今天够了，别再逼着它去冒险。

我的客人中间有个后生想驾驭别列克，并且强迫它去做他自己这个"马车夫"所希望做的事。这真是无耻的行为！我们的别列克很显然比这个冒牌的马车夫要聪明得多。它运送有生命的货物时十分小心，就像是在搬运玻璃器皿一样。它确信沿着常规路线行进是最为安全的，所以它从来不偏离常规路线。

我那个冒牌车夫竭尽全力想使马——就像常言说的那样——误入歧途，换句话说，就是迫使它偏离正确的道路，于是别列克很快显示出了它的才能。

它装作扭头的样子，"车夫"就放掉了缰绳，别列克晃了晃脑袋——于是缰绳就落到了地上。

如果换了其他的马很可能会鲁莽地向前冲去，这样就很可能会出事。而别列克挣脱缰绳后就站在原地，回头往后面看着。啊，这匹马竟然会用挖苦的目光看人！它仿佛在说："嗨，你这个车夫！连缰绳都还握不住，竟然还想驾驶。你还是先去学会握缰绳吧！请原谅，你要讲点礼貌，先别急着教训长者。"

难道我的黄马做得有什么不对的吗？

别列克对经常行驶的所有道路烂熟于心。每次出了家门后，在第一个十字路口它就会停下来，回头问问：

"是去森林，去河边，还是去日托米采装水果？"

当它明白了去向之后——就会一刻也不停顿地向前跑，而且总是那样从容不迫地用小快步向前跑。它不喜欢太劳累。

"能够准时赶到的，"它说服孩子们，"急着到那儿去，又是为什么呢？"

在回来的路上，它总是把步伐加快一些，不过也不会快得过分。但是总的说来，回家时总会比外出时速度要快一点儿。而且中途是不做停顿的，哪怕是孩子们使尽全力拽缰绳，它也只是会摇摇头，然后依旧不顾一切地向前跑。

"让我安静一会儿吧！你们已经玩够了，也该回家了。我也想吃点东西，早点儿休息休息。"

别列克是一匹有着丰富阅历的马，它见到过各种世面，所以什么都不怕。它不怕汽车，甚至火车也不怕。虽然，听到火车头的汽笛声，它的耳朵还是会前后摇动。但是看上去它似乎是在感到奇怪：怎么会无缘无故地发出这种声音呢？

你们想想看，这样聪明、有经验、阅历又丰富的别列克有一次竟然会张皇失措，它害怕了！你们猜它是在怕谁呢？没错，正是它自己心爱的夫根尼娅小朋友。

事情是这样的，孩子们想要举办一次化装舞会。当然，各种五颜六色的衣服都穿上了。他们用纸为自己做了面具，只是在眼睛和耳朵部位留着孔。那场面真是可怕！可爱的孩子戴上这些面具后看上去简直就像是丑八怪。假面舞会是在花园里举行的，尖叫声震耳欲聋。那种情形，想必不用说你们也明白的。

突然有几个穿着化装服的人想出一个点子：到院子里去。于是，狗夹起了尾巴——逃跑了；猫跳上了屋顶——一下子不见了；而别列克……

当时它正好站在院子里，于是夫根尼娅向它跑过去。可怜的黄马被惊得瞪大了眼睛，翘起鼻翼——猛然坐下！那动作的的确确像狗一样，后腿下蹲，前腿伸展！然后突然四肢踏地，一下子跳了起来。孩子们瞬间像被风吹走了一样，四处逃散。只剩下夫根尼娅一个人不怕。她摘下面具叫道：

"别列克，别列克，是我！"

别列克伸长脖子，深深吸了一口气。但是它还是不相信。过了相当长一段时间之后，它才慢慢地、小心翼翼地走近夫根尼娅，摇了摇耳朵，想了想，最后终于紧挨在她的身旁，把头放到她肩膀上，深深地叹了一口气。

"小姑娘，你没事儿为什么要拿我老别列克开玩笑呢？"它责备道。

但是，很显然它并没有生夫根尼娅的气。没过多久，它又去取她手中的面包。别列克对面包的喜欢远胜过于糖果。不过，从那之后它总是以不信任的目光看待任何纸张。显然纸使它联想起那张给它带来恐惧并使它蒙受耻辱的面具。

唉，世上的一切都会结束，就像天下没有不散的筵席一样！你看，别列克不得不亲自把自己的小朋友们送到车站。只留下我们。我敢肯定，别列克心中很难受，它肯定是在想念小夫根尼娅。而她在给我的每封明信片中也都没有忘记提别列克，给它带来问候，向它致意。

我向别列克大声地读这些明信片。我不敢肯定，它是否明白。但是我相信，就算是用最热情、最亲切的话语写成的信也无法代替我们所爱的人……

十五、怪 犬

在一个深夜里，我在一块儿墓地里发现了杜舍克。当时它被人用一根皮带拴在树上，已经快要死了。我割断绳套，仔细地看了看这条狗，总的说来还不错：它毛茸茸的，是条花狗，只是尾巴被砍掉了一截。尽管它多半像是一条看家狗，但看样子从前它也冒充过硬毛狐狗。我把它带回了家，根据我俩相识的地点，我把这条狗叫做杜舍克。

狗有各种各样的，善良的，凶恶的，聪明的，愚蠢的。但是我之前从来没有见到过狗的家族中竟然会有像我从墓地里捡来的那只坏蛋！

到我家的最初几天，杜舍克总是睡觉，这是我们共同生活的日子里最幸福的一段时期。因为杜舍克一睡醒，就开始吃东西。你甚至无法想象这条狗一口气能吃光多少东西：一顶细毡帽、一双新便鞋、一本拍纸簿，还有两卷很厚的百科全书——不过这些都仅仅是它的甜食而已，接着它又吃去了地毯和两把鞋刷！只要是它的牙齿能接触到的东西都会消失得无影无踪。最后我们终于查实，杜舍克吃掉了一条毯子和两只羽毛枕头，于是它被囚禁在了铁丝网围成的栅栏里。

我暗暗松了一口气。但是没过几天，杜舍克就在栅栏下面打了一个洞，逃出了牢笼。早晨厨房门刚打开，就发现它已经在那里了。它的嘴脸上都沾满了羽毛。毫无疑问，它追捕过鸡。又是侦察，又是审讯之后，我们终于在刺李丛中发现了邻居家的一只被啃掉肋部的公鸡。

真是胡闹！原来，死掉的鸡是我的邻居最钟爱的公鸡，这从她流着的伤心的眼泪可以得到证实。

但是公鸡事件仅仅是乱杀无辜的开始。这条狗开始在全城为我树敌。我甚至无法在街上出现，因为每走一步都会有人向我诉说杜舍克的罪状。总而言之，杜舍克是我一生中所拥有的"最珍贵"的一条狗！

春天来临了。杜舍克开始从家中消失。它每天傍晚回家，之后昏昏沉沉地爬进狗窝。我们感到有些奇怪，这条贪食的狗竟然连午饭也不吃，但是杜舍克看上去气色很好：毛色闪光，发亮，很显然它并没有挨饿。

一次有人发现，杜舍克在节日里没有出门，而且证实在星期日它还偷吃了厨房里的肝，而在另一个节日里它拖走了几块肉饼。这么说来，它只是在平日里才会忙忙碌碌。那么它是在哪儿忙，忙些什么呢？这条没良心的狗到底在干什么呢，我很好奇。

有一次我到街对面去，那里在建造房子。当时泥瓦匠们正坐在一堆木板旁边吃午饭。我一看，这是什么东西？杜舍克前腿举起，用后腿走路，从一个人走向另一个，真是极尽阿谀奉承之能事，而且还要着各种滑稽可笑的把戏。因为它的表演，它时而得到一块面包，时而获得一根骨头，时而又有了一小块肉，而且它总是见机行事。最后，当它认为这里再也无利可图，就会另投别处。

杜舍克消失的秘密就此真相大白了。无论在何处劳作——田里、建筑工地上或菜园里——杜舍克都会在那里出现。它甚至离城数公里来到维斯拉——到砍伐柳枝的工人那里去。而且还有人在城外很远的地方见过它：那里正在修建铁路，所以有几十名工人在干活。杜舍克常来常往。它不得不匆匆赶路，以便能及时赶到，不错过吃点心的时间。它到处赶场，到处乞讨。

这条流浪的、意志薄弱的、以吃为生活目标的狗，具有一个人的弱点——那就是喜爱音乐，它爱得发狂，爱得甚至忘乎所以。只要有人弹钢琴或唱歌，杜舍克就会像从地下钻出来似的很快出现在他的面前。它坐下，倾听，并且努力记住那首曲子。一旦它认为自己已经掌握了这首曲子——它就自己唱起来。最先是小声唱，很羞怯，然后越唱越响，越唱越悲。最后它就头向后仰，放声大哭。那哭声是如此悲伤，仿佛它把自己狗的全部忧伤都注入到了这首悲哀的曲子里。

对军乐的酷爱也迫使杜舍克与我们永远分离。

事情是这样的：我们的城市来了一个军乐团，在夏季大演练的途中在我们这里逗留了一天。一大清早，所有的活跃分子都迅速赶往将要举行阅兵式的广场。

这中间当然少不了杜舍克。

广场并不大，像小城市常有的那种情况——广场上挤满了好奇的人。药房附近的人行道上站着军乐团的指挥人员、市政要员和地方上的显贵。人们情绪激动而高涨。管乐队突然奏响，杜舍克瞬间失去了理智。它冲上前去，推开一些妇女，钻到了一个拿伞的老爷爷的胯下——那个老人一下子整个身体直挺挺地摔趴到了街上。有个人踹了杜舍克一脚，当时它从正在行进中的士兵脚下直接跳上人行道。它奔向小号手，跑到了高声吹奏着大喇叭的士兵跟前，然后突然唱起歌来——唱得很响，很刺耳，它有生以来从来没有像这样扯着嗓子唱过。它的叫声甚至压倒了乐队。人们除了它那极其凄惨的叫声外，几乎什么都听不见。

真荒唐！市政要员面色剧变。这，是全城的耻辱！这到底是怎么回事？这里是充满节日气氛的喜庆场面，而这条狗却像报丧似的乱叫。乐队指挥大发雷霆！乐手们一边吹奏，一边还要亲自尽力用一只脚去踹那条狗，而杜舍克则在他们的脚下转来转去同时发疯般地乱叫。有个人冲过去想要抓住杜舍克，但是，这谈何容易！杜舍克像条泥鳅似的钻来钻去，一面逃避，一面"唱歌"。哎呀，你肯定猜不到它当时唱得有多起劲！

检阅结束后，杜舍克精疲力竭地回到家里。它痛苦不堪，好像感到生活乏味。于是杜舍克就离家出走成了一名"流浪演员"。

有朝一日，如果您能看见一条毛茸茸的看家狗——每当乐队奏起进行曲，它就像光临宴会一样，竖起尾巴跑在军乐团的前面，不停地叫喊——您就能更好地看清它的面貌。我不保证，这是我的杜舍克。不过我要提醒您，别碰它，也别叫它过来。否则，在您还没来得及喊一声的时候，它就会果断地把您家里所有的东西——从细绳子到钢琴，彻底吃光！